JN074071

iikoto kangaeta! * mariko hayashi

|美|女|入|門|21|

いいこと考えた！

林真理子

マガジンハウス

マリコ理事長お帰りなさい

目次

それ、どんぴしゃ　10
お城のススメ　15
相撲愛♡おすそ分け！　20
〃女王マリコ〃の願いごと　24
今どきシルエット　28
幸せの着地点　32
揉みに揉まれて　36
ブラウス求めて八千歩　40
勤め人、リスタート！　44
シアワセ・フォーエバー　48
そのパーマ、女の決意！　52

美のミューズ

母校へ、ただいま！　56
〝ひたれる〟のは舞台だけ　61
就任祝いはイケメン俳優！　65
推しデパートの来日　69
まわらない回転寿司!?　73
そっくりコーデにご注意を　77
女王さまよ、永遠に　82
相撲とビールと若者男子　86
華麗なる披露宴　90
銀座のまん中で!?　95
昼食問題、クリア！　100
おもいでセルフメンテ　105

あぁ、何とかして！ 109
あげたり、あがったり!? 113
聞かせて、もしもの私 117
エンタメざんまい!? 122
洋服レボリューション！ 126
わが子はイケメン？ 130
パーティーのテッパン 134
これ、ください！ 138
お手入れ大成功！ 143
わかっちゃいるけど… 147

春の努力

みんなの力で 152
フグの魔力 157
ゆる〜いって、ありがた〜い 162
気にしないもん 166
あなたは誰？ 170
買物スイッチ、オン!? 175
グッドモーニングを求めて 179
マリコさんちのまかないさん 183
いざ、美肌の湯へ 187
ピカピカの秘訣 191
旗ふるマリコ 195
〝黄色いジャケット〟の時代 199
準備はよろしくて？ 203

ハッピー！　ハッピー？　バースデー!? 207
あした何食べよう 211
奇跡よ、もう一度 215

美女入門21

いいこと考えた！

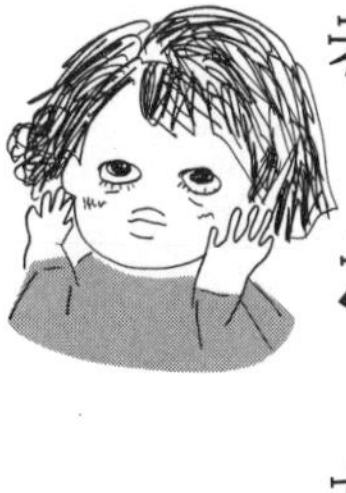

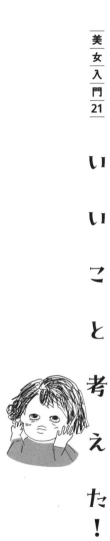

イラスト

著者

マリコ理事長
お帰りなさい

それ、どんぴしゃ

Ｂｕｎｋａｍｕｒａのシアターコクーンによくお芝居を観に行く。

その時に必ず東急本店をぶらぶらするのだけれど、地下の食品売場はともかく、いつも人がいないので心配していた。

「あんなにガランとしていて大丈夫なのかしら」

と知り合いに尋ねたところ、

「後ろに松濤《しょうとう》が控えていて、外商がすごいから大丈夫」

ということで安心していた。

地方で知らない方がいるかもしれないので説明すると、松濤は、成城、田園調布と並ぶ、東京の超高級住宅地。渋谷の繁華街を抜けてすぐのところにあるのだが、エリアが狭いので他のふたつほど知名度はないかもしれない。とにかくお金持ちが住んでいるところだ。

そういう人たちがいっぱいお買物するのだから心配いらないと思っていたら、東急本店は近々取り壊されることに。

もうデパートで買う時代ではないと言われているが、昭和っ子の私にはとても寂しい。

デパートは、イベントや展覧会があり、歩いているだけで楽しいところ。人気の高級ブランドも入っている。それなのにどうしてみんな行かないんだ。

伊勢丹 新宿店とかを別にして、若い人はオバさんが行くところと思っているのではなかろうか。

そんなデパートで、最近嬉しい出会いがあった。

明治座にコンサートに出かけた帰り、タクシーでひとまず日本橋の老舗デパートへ。銀座はともかく、私は日本橋というところにまるで土地勘がない。ひとまずこの中でお茶をしようということになったのだ。

友人と二人カフェをめざして歩いていると、私の好きなブランドをいくつか発見。数は少ないけれど感じよく並べてある。しかもデパートなのでサイズも大きめのような（!?）。そこでパンツを購入。長さを直してもらい、うちに配送してもらうことにした。

マスクで気づかれないと思っていたのだが、

「ハヤシさんですよね」

と若い店員さんに言われた。

「私、以前は○○○に勤めていました。私そこで一度だけ、ハヤシさんと握手させてもらったことがあるんですよ」

失礼ながら憶えていないけれど、彼女はとても嬉しかったそうだ。

「私、中学生の時に『美女入門』を読んで、ずっとファンだったんです」

まんざらお世辞でもない様子。

「ハヤシさん、あの頃からずーっとおしゃれで、ずーっとお洋服好きで本当に嬉しいです」

そう言われてこちらも嬉しい。おしゃれではないけれど、お洋服好きなのは確かだ。衣替えの季節になると、

「私ってこんなに買ってたのね……」

とガク然とするほど。

そんな私に最近、お洋服のことを語り合う人、A子さんが出来た。

以前からファッショニスタの友人は何人かいる。が、彼女たちの着ているものが私の好みとは限らない。あまりにもトガったものや、高テクすぎるものは引いてしまう。シンプルで洗練されていて、ちょっと可愛い……、をめざす私にとって、A子さんのお洋服はどんぴしゃりなのである。

A子さんは某大手出版社の編集者だ。編集者ならみんながみんな、センスがよくておしゃれかというとちょっと違うかも。

マガジンハウスなどは、お洋服にものすごく気を遣う社風であるが、大きな出版社で、私がつき合う文藝担当になると中には、

「ちょっとオー」

という人もいる。

「いったいどこで、そんなお洋服を……」

しかしそのA子さんは違う。

毎回私はうなってしまう。昨日うちに打ち合わせに来たけれど、ザ・ノース・フェイスの、茶色のコットンジャケットにTシャツ、そして大人っぽい紺色のギンガムスカートというコーディネイト。エナメルの黒い靴も、先がとがってて洋服にすごく似合ってる。

「いつもいつも本当におしゃれだよね。私はA子さんのお洋服見るの、本当に楽しみなの」

彼女いわく、

「でも会社では、そんなに毎日、洋服のことばかり考えてる時間に、もっと仕事のこと考えろ、って言われます」

小説の企画、考えろ、ということらしい。

A子さんは、とにかくおしゃれが好きで好きでたまらない。四十代で結婚しているが、二人暮らしなので、お給料の大半はお洋服につぎ込んでるんだとか。

ついこのあいだは本当に感動した。細かいプリーツの入ったグレイのワンピースを着ていて本当に素敵。

「それってもしかしたら……」

「イッセイ ミヤケの、プリーツ プリーズです」

ひと癖あるオバさんの好むものとされるそれを、ワークブーツと見事に着こなしている。

「ちょっと洋服のこと考え過ぎかと反省してます」

私は彼女に言った。

「A子さん可愛いし、美しい人はおしゃれになる義務がある。ノブレス・オブリージュよ！」

私も義務はないけど頑張ってる。

お城のススメ

お金について考えるのは、人生を考えること。

私はふつうの人より収入が多い方だと思うけれど、いつもピイピイしている。それは無駄遣いが多いから。買わなくてもいいものを買い、おごらなくてもいい場面でおごりまくる。しかし後悔したことはない。

会社を経営している友人がいるが、この人は本当にお金持ち。ものすごいおうちに住み、着ているものもブランド品ばかり。そしてものすごいケチだ。彼女と一緒に食事をすると、いつもネチネチ言われる。

「ま、まだ注文するの?」

「ホントによく食べるわね」

割りカンだと、オーダー追加が本当に腹が立つらしい。ワインも一本頼みたいのに、

「グラスでいいわ、グラスで」

と反対される。

彼女に言わせると、払う女は魅力がない証しだと。自分みたいにいい女だと、みんなが

ご飯を食べたがる。

「だから払ったことなんかないわよ」

とイバっていた。

ある時彼女からLINEがきた。

「あなたは私のこと、ケチだと思ってるでしょう」

確かにそのとおりだが、私は少し文学的な言い方をした。

「そういうものは、そちらご出身の関西独特の文化だと思っているので」

すると彼女から、

「私はあなたみたいにミエを張ったりしません。その替わり心豊かになるものには、惜しみなくお金を遣います」

ふーむ、若い人と飲むコーヒー一杯も絶対おごらないのは、心豊かにならないからなんだね。宝石や海外旅行は、心豊かになるから遣うんだね。まあ人それぞれだけど。

それにしても、今の若い人たちは本当に堅実といおうか、お金を遣わない。そうかといって、男の人がおごってくれないから本当に気の毒だ。パパ活がどうのこうの言っても、それは一部の人たち。たいていの若い女性は、地味な生活をして、着るものも通販やファストファッションを着まわしている。食べるところも、安いところばかり。

私たちの時代、男性が分不相応のところに連れていってくれて、ワインの味も教えてくれた。それで何かを要求されたことはない（私は）。

みんなおいしいものを食べ、おしゃれもしてお金を貯めた。お金を貯めた、というより不動産を買った、というのが正しいか。

そう、バブルの前夜、私のまわりでマンションを買うのが大流行したのだ。あれはまさしく流行だった。編集者、ライター、スタイリスト、といったギョーカイの人はもちろん、ふつうのOLもローンを組んで小さなマンションを購入したのだ。

それは女性誌がこぞって、

「三十代のうちに自分の城を持とう」

と書きたてたことが大きいと思う。

自分でマンションを持ってこそ本当の自立がある。将来のためにも、ちゃんと不動産を購入しようと。

銀行も独身の女性に、お金を貸してくれた。フリーランスでもローンが組めたあの頃、友人が何人もマンションを買って、それはなんて羨ましかっただろう。

マンションといっても、1DKとか1LDK。小さなお部屋だけれど、自分好みのインテリアにしてあれこれ飾り立て、週末には彼を招く。これぞ理想の三十代の生活だったわけだ。

当時私は作家になったばかり。心に決めていたことがあった。それは、

「直木賞をとったらうちを買おう」

というもの。受賞したのは三十一歳というかなり早い時であったのに、その間、バブル

という摩訶《まか》不思議なものが起こった。

すごい勢いでマンションの値段が上がりだしたのだ。とても手が届かない値段になった。一生賃貸で仕方ないと思っていたのだが、不動産屋と友人たちに励まされた。

「働けばきっとローンは返せるよ！」

どうしてあの頃、根拠のない自信があったんだろう。どうして銀行はお金を貸してくれたのか……。

そんなわけで原宿にほどほどの広さのマンションを買った。これが『南青山物語』の舞台になったところ。仕事も恋もいっぱいした。

ローンはとても苦しくて何度、

「もうイヤ」

と思ったことだろう。

が、私のようなだらしない浪費家にはこれがよかったのかもしれない。貯金は出来なかったが、ローンは払い続けた。

そして今もそのマンションは残っている。しかも昔とそれほど変わらない値段で。働いてコツコツローンを払っていけば、自分のお城はちゃんと残る。ローンというのは最高のメイクマネーかもしれない。

部屋をひとつ持てば、女はいくらでも強くなれる。結婚したとしても、家賃が入ってくるし離婚する時は自分の財産になるはず。

十年二十年はあっという間。トシとるのは嫌だけれど、ローンは終わりに近づく。人生の後半に間に合うはず。

相撲愛♡おすそ分け！

おととい何年かぶりにパーマをかけた。

どうしてかけたかというと、よくここでもお話ししているとおり、私のブロウがあまりにもヘタだから。

シャンプーした後、ドライヤーとロールブラシをつかって仕上げていくのだが、パサパサになってしまう。ショートでパサパサ、というのはかなり悲惨だ。通販でヘアアイロンを買ってやってみたが、さらにひどいことになった。ペタッとはりつくようなストレート。だから仕方なく近くの美容院へ行く。ヘアサロンというよりも美容院。おニイさんがひとりでやっているところ。朝の八時半からやっていて、うちから歩いて六分。よってここは私のパウダールームのようになっている。

それはいいとして、週に二回から三回の美容院通いは、かなり時間の負担となる。

「なんとかならないかな」

と青山のヘアサロン（こちらは本当にヘアサロン）に相談したら、

「ゆるくパーマをかけたら」

と勧められたのである。そして、

「これなら洗いっぱなしでＯＫ」

という髪にしてもらった。これすごく評判がいい。

しかし私は気づいた。このくしゃくしゃヘア、着るものにかなり気をつけないと、身のまわりに構わないオバさんになってしまう。お化粧もきちんとして、コーディネイトもバシッときめなくてはならない。

そんなわけで、今日は黒のコットンジャケットと、プリントスカートといういでたちでお出かけ。まず行ったところは銀座のシアター。ここでコンサートをひとつ観た後、すぐ近くの帝国ホテルに入った。トイレをお借りし、そのまま正面玄関から出てタクシーに。

「両国国技館にお願いします」

「はい、わかりました」

その時運転手さんは、不思議な質問を口にしたのだ。

「お客さん、国技館は関係者入り口から入りますか」

「いいえ、ふつうに前で止めてください」

なぜそのように聞かれたのか、ずっと気にかかった。まさか体型、というわけじゃないですよね？　それで降りる時に尋ねたら、

「お客さん、帝国ホテルから乗って書類持ってたから」

確かにお相撲を見に行く人はカジュアルな格好が多い。きちんとジャケットを着て書類

（コンサートのパンフレット）を持った私は、相撲協会の関係者か、相撲記者のように見えたかもしれない。

今日はお相撲好きの方が招待してくださったのであるが、その方は維持員なのでラウンジに連れていってくれた。ラウンジというのは最近つくられたもので、〝たまり〟という土俵のまわりに席を持つ維持員だけが使える。

溜席《たまり》は飲食がいっさい出来ないので、ここで軽く召し上がってから行ってください、というはからいらしい。

一杯だけだけどシャンパンやビールも飲める。国技館名物の焼き鳥や、いなり寿司、そして各部屋が交替でつくるちゃんこ鍋もビュッフェでいただける。私はドラ焼きまで食べた。どれもおいしい。

大満足で西の溜席に向かった。すぐ間近で見るお相撲は本当にすごい迫力。「格闘技」という言葉がぴったりだ。

実は先週もある方からチケットをいただき、友だちと姪と行ってきたばかり。姪は生まれて初めての相撲見物に大興奮。

「伯母ちゃん、本当にすごいね。お相撲さん、カッコいいね」

「そうでしょう。私も本物見るまでは、お相撲さんなんかにまるで興味なかったんだけど」

太った人、あまり好きじゃないし……。

しかし何回か国技館に行くようになったら考えが変わった。

なんてカッコいいんだ！　お相撲さん、鍛え抜かれた筋肉、気迫、りりしい顔立ち。それにこの頃はイケメンの力士が増えた。もうじき復帰することになっている朝乃山、遠藤、佐田の海、石浦もいいですよ。それから翔猿の今風の顔立ちも捨てがたい。十両に落ちちゃったけど、私のご贔屓《ひいき》、竜電も憶えておいてね。

私はビギナーの姪に相撲の見方を教えてあげた。

「これがさっき入り口でもらった番付表。表は今日の取組が書いてあって、裏は星取表だよ。この力士は、何勝何敗かな、ってここで確かめていくわけ」

「えーと、白がいいの？　それとも黒？」

「白が勝ってるに決まってるじゃない。それから、私も前に教わったんだけど、この溜席は、力士の名前を書いた応援タオルは禁止。上から力士が落ちてきた時に、とっさに避けられないから危険だよ。それにこの席にいる人は、相撲全般を愛している、っていうのが前提だからね」

「なるほどねー。伯母ちゃん、私、お相撲大好きになったよ」

「大好きになっても、チケットがなかなか手に入らないのがつらいとこ。まずはテレビだね。ビギナーはテレビでじっくり見る。そして好き、好き、と言ってれば、きっとチケットは舞い込むよ」

相撲ファンはやさしいからきっとくれる。本当。

〃女王マリコ〃の願いごと

友だちが、都内でも珍しいウクライナ料理のお店に連れていってくれた。

キーウの日本大使館にいたシェフがつくる、素朴なウクライナ料理。

「ウクライナは、貧しい国だから、豪華な食材は使ってないけど……」

と友人は言ったけれど、ポテトサラダやサーモンマリネ、ボルシチなどどれもおいしかった。

この店では売り上げの一部をウクライナに寄付しているそうだ。店に募金箱が置かれ、私も心ばかりであるが、お金を入れた。

インテリの男性二人と、ロシア、ウクライナ情勢についていろいろ話す。というよりも、二人の会話を聞いていた。

彼らは東欧に何度も行ったことがあり、その歴史について詳しかった。ポーランドがどれほど近隣の国からひどいめにあったかということを熱っぽく語る。

「地つづきに国境があることの怖さ、日本人はわかってないと思うよ」

とはいうものの、何か目に見えないものが、ひしひしと近づいてくる感じは確かにある。平和ボケと言われている日本人だけれど、長年ボケていられたのはなんて幸せだったんだろう。出来ることならば、これからもずっと平和ボケでい続けたいと思う私である。

ある日、私はお高いカウンター割烹のお店にいた。新鮮な食材が並び、ワインが抜かれ、若いカップルたちが乾杯をする。

ふと不思議な気持ちになった。

「ウクライナでは、爆撃の中、食べるものもないっていうのに。同い齢ぐらいの男性は、戦場に向かうっていうのに……」

今ここにいるのは、おいしさだけ追求する人々。国家とか国境なんて、なにも考えていない。

「ここはまだまだ平和な国だから仕方ないか」

私も呑気《のんき》にお顔のお手入れに通う日々だ。

二週間に一度、低周波で顔を上げてもらっていることは、何度もお話ししたと思う。

ついこのあいだ行ったら、

「わー、ハヤシさん、顎のライン、すっきりしましたね！」

Tさんが喜んでくれた。Tさんというのは、このマシーンを販売している会社の社長さんだ。本来なら会社の業務だけをしていればいいのだが、やはりマシーンの調子を見たいということで、何人かを特別にしてくれるのだ。

さっそくベッドに横たわると、ピーッと顔に軽い刺激。昔、サーマクールとかは、

「これをやるぐらいなら、シワくちゃの方がマシ」

と思うぐらい痛かった。が、最近は進歩がすごい。まるで痛くない。時々寝入ってしまう私。

「ハヤシさん、見てください」

と起こしてくれる。向こう側は一面鏡。

「ほら、目がこんなに上がってます。肌もピカピカですよ」

ほんと……。

満足のあまり、私はこんなことを口走った。

「顔は私の王国よね。ここをマシーン使って耕したり、化粧品で水や肥料与えるのよ」

「なるほど、うまいこといいますよね」

「若い頃、お金もなくて、水もやれなかったけど、私の王国は、花が咲き乱れ、緑がいっぱいだったの」

そう若さって、すごいことだった。

話は突然変わるようであるが、最近私はある人気女優さんと対談した。キレイ、なんてもんじゃない。真っ白な肌に、キラキラ光る大きな目、形のいい唇。

このトシになると、別に神さまのエコヒイキについて恨んだりはしません……。しかし

あらためて考えた。どうして人間の顔って同じにならなかったんだろうか。カナリヤや金魚は区別がつかない。ワンコや猫も、同じ種類ならそれほどの違いはない。

可愛いトイプードルと、ちょっと落ちるトイプードルがいるぐらい。

人間は違う。みんなそれぞれの顔を持っている。まるっきり別の顔。

「神さま……」

低周波をしてもらいながら、私は思った。

「あなたは私に、それほど豊かな土地を与えてはくれませんでした。荒野とはいいませんが、まあ、人が欲しがるような土地でもありませんでした」

それでも春の季節は、花もいっぱい咲き、緑は木陰をつくり、ちょっと寄ってくれる男の人もいた。

ところが秋になってくると、木も枯れ、泉も空っぽになった。

そして私は一生懸命にやったんだわ、お水と肥料をどっさりね。大規模な区画整理はしなかった。ただ地道にやってきた。

そうしたら、ここんとこ何とか枯渇状態はなくなり、つかの間の平和が戻ってきたような気がする……。

いつまでもこんなことが出来ますように。女性が美容にうつつを抜かす国でいられますようにと私は祈る。

今どきシルエット流行が私に味方してる!?

母校の理事長をお引き受けしたら、大騒ぎになってしまった。

テレビで大きく報道してくださるのは有難いのであるが、そこで流れるマリコ・ヒストリーが結構長い。

一瞬私が死んだのかと思った人も多いに違いない。

よくもまあ、こんな古い映像をと思うものもいっぱい。直木賞受賞が決まった時の記者会見で、背の高いカッコいい男の子が、照れくさそうに花束を渡してくれている。テツオではないか。あの時二十代だった彼が、今ではマガジンハウスの取締役とは。時のたつのは早いものですよ……。

しかしそんな感慨にひたってはいられない。

どうしてこんなのばかり使うのかと、腹が立つほどひどい私の映像が流れる。むっつりしているのとか、不機嫌そうに歩いている姿が映って、キーッと怒る私。

まあ、これはこれとして気をとり直し、お買物に行こう。

来月になったら本格的に業務が始まり、もう好きな時間に、ふらふらと表参道を歩けないかも。

私はこのあいだ買ったジル サンダーのサテンっぽいグリーンのシャツに、黒いパンツを組み合わせている。

ここでパンツという単語に反応してほしい。そう、パンツをはくのは何年ぶりかである。理由はカンタンで、あまりにも下半身に肉がつき、パンツが入らなくなったこと。通販で大きいサイズのものを買うと、いかにも「オバさんのふだん着」になってしまうので、そのままお蔵入り。

昔はこうじゃなかった。何度も自慢していると思うが、私は日本人にしては腰の位置が高いと言われていた、ホント。

どのくらい高いかというと、大学時代、服飾科の友人に頼まれて写真撮影をした。彼女の卒論の「腰の高さによるパンツの動き」というのに協力したのだ。もちろん高い方の部で。

子どもを幼稚園に通わせていた頃、ママ友から、

「私、トーゴーさんのパンツ姿大好きなの、もっと着てきて」

とリクエストされたこともある。

が、月日は流れ、お尻はぐっと下がり、お腹にはたっぷりのお肉が。パンツのジッパーをあげようものなら、途中でひっかかる。そしてヒップの布がパンパンに張ってみっともない。

そんなわけで、ショップの人からどんなにパンツを勧められてもNOと言っていた。ところがある日、老舗のデパートの中のセレクトショップで、ザ・ロウの黒いパンツを見つけた。ジャージ素材ですごくはきやすそう。

しかもこんなに美しいラインなのにウエストがゴムになっている。

「この頃、ウエストゴムが多いですよ」

店員さん。

「着ていてラクだからですね」

この現象はいろいろなところで起こっている。お洋服がビッグなシルエットになっているのだ。

ジャケットなんかもフィットさせずに、大きなものの中で体を泳がす感じ……ですかね。いわゆるファッションリーダーたちの「寅さんルック」。

これは私にとって朗報である。確かにこの頃あまりサイズに困らなくなっているのだ。

しかし悩ましいのはシューズである。夏になると拷問のような事態が起こる。そう、デカ足にきゃしゃなサンダルを履こうとするので無理なことが起こるのだ。

私は靴を買うのが本当にユーウツ。このところ足の幅があきらかにひろがって、やわらかい素材でないと本当に痛いのだ。

が、夏ものでスウェードは見たことがない。ため息をつくような美しい形のサンダルは、革の面積が少ない分、硬くつくられている。

ところがジル サンダーに行ってみたら、今年は大きめのペタンコサンダルがいっぱい。
「女性がボリューミィでごっつい靴を履くというのは、昨年からずっと主流になってますね」

ということである。しかもレディス、メンズ共有のものも多いとのこと。

さっそく革がクロスしているサンダルをためした。フラットサンダルはものすごく歩きづらいのであるが、これはそんなことがない。足にフィットしていい感じ。が、私が履くとどう見ても、パートナーのサンダルを借りてきたような……。

こういうメンズっぽいものは、スレンダーな人が身につけるからおしゃれなんだよね。まあそんなこと言ってられない。当分、夏に履くものがないのだからさっそく購入。そして今日、ザ・ロウのパンツに合わせてみた。シルエットは確かに今っぽくなったような。ところが重大なことが。こういうサンダルにペディキュアは必須でしょう。というよりも綺麗に手入れされていなければ履く資格なし。

忙しいのでついペディキュアを怠ってしまった。素のままの私の親指がぬっと出ている。どう見ても「おっさんサンダル」ではないか。恥ずかしい。

メンズライクのものほど、ディティールは女らしく。これ基本ですよね。

幸せの着地点

私がA子さんと知り合ったのは、もう十年以上前のことになるだろうか。

「部下の結婚相手を探してほしい」

と友人が連れてきたのだ。

その友人というのは、エリートの既婚者。

「不用品放出ってこと?」

と後でメールしたら、

「作家というのは、なんて下品な想像をするんだ」

と怒られた。

というのも、そのA子さんというのがすごい美人だったからである。

私も仕事柄、女優さんやタレントさんを見るけれど、彼女もそのレベルに達している。

真っ白い綺麗な肌に大きな黒目がちの目。形のいい唇、すらりとした長身。

そして美人を自覚している人だけが出来る、完璧な美容テクニック。お洋服もおしゃれ

だ。

一回お見合いをお世話したが、彼女にこう言った。

「ちょっとお化粧薄くした方がいいかもしれない」

なぜならあまりにも整った顔立ちなので、化粧がきつく見えないこともない。それにラメが入ったアイシャドウというのは、見合いにはあまり効果的とはいえないだろう。

そして見合いは、男性の方が夢中になったのであるが、彼女は気に入らなかったようだ。

「ちょっと年収が……」

というのである。

次に私が紹介したのは、友人の中でもピカイチのお金持ち。ついでにバツイチ。しかしとても性格のいい男性だ。

「彼と結婚すれば、めちゃくちゃリッチな生活待ってるよ」

しかし彼女はきっぱりと言った。

「あの大学出た方では、ちょっとおつき合いは考えられません」

そうかーと私はわかった。大企業に勤める彼女のまわりは、一流大学卒ばかり。彼女自身はふつうの女子大卒であるが、かなりプライドが高いんだ。やっぱりね。

「ハヤシさん、私は高望みしているわけじゃないんです。もう三十歳になるんで本気で探してます。ふつうの人でいいんです」

という言葉を私は信用しなくなった。

これだけの美人だから、きっとちやほやされてきたに違いない。彼女の考える「ふつう」というのは、かなり基準が違うのだ。

こうしている間に、また月日は流れた。彼女はいろいろ恋愛をしたらしいけれど、まだ結婚に至っていない。

ある時つき合っている彼が、なかなかプロポーズしてくれないと嘆いたことがある。

「一度はっきり言ってみればいいじゃないの。私とのこと、どう思ってますか、って」

「そうですね……」

女の方から言い出すのは、やはり出来ないんだろう。

「ぐずぐずつき合ってると、三十代あっという間に終わるよ。ちゃんとした方がいいよ」

私はそういう女性を知っている。二十代の頃からずっと可愛がってきた。彼女は二十歳ぐらい上のおじさんとつき合っていたのであるが、彼は結婚するつもりなんかまるでない。

「青春をあんなオヤジに捧げることないよ」

私はしつこく忠告していたものだ。彼女もほっそりしたとても綺麗なコだった。

そのうち、ぐずぐずしていたその彼もやっと腰をあげ、二人の新居を探すことになった。が、その間不動産屋さんがちゃんとしなかったので、めあての物件が何度もうまくいかなかったそうだ。私は彼氏の優柔不断さが原因だったと睨《にら》んでいる。彼女も同じことを感じたんだろう。これがきっかけで二人は別れ、彼女は故郷に帰ることとなった。

「あなたぐらい綺麗だったら、田舎でひくてあまたでしょう」

と言ったら、

「私のようなトシだと、まずもらってくれません」

とのこと。かなり悲しい話かと思う。ところが、彼女は実家でのびのびと実に楽しそうだ。ご両親も、もう結婚はしなくていいと言ってくれる。

「いずれ一人になるかもしれないけど、それもいいと思って」

さてA子さんのことであるが、最近転職して今日挨拶にきた。前からやりたかった、若いアーティストを応援するマネジメントをするそうだ。

彼氏の方はまだプロポーズしてくれない。

「でもそれでもいいと思って。私、全然焦ってませんから」

四十二歳になったそうだが、本当に若くて綺麗。マスクをしていても、相当の美女だとわかるはず。

「ある時から、子どもはいらないと思ったらすごく自由になったんですよ」

三十歳になった時とまるで違うそうだ。

「そうかァ。子どもはいれば楽しいけど、いなきゃいないでいいかも」

私の知っている美人が二人、幸せそうなんでホッとする。美人ほど年とるとつらい、なんてもう神話なんだ。世の中の常識からときはなたれると自由になれる。そういうことを知っている美人は強い。最近の新種ですね。

揉みに揉まれて

母校の理事長就任のお祝いで、アンアン編集部から花が送られてきた。

といっても、ふつうの盛り花や胡蝶蘭ではない。なんと私のイラストの自画像を花でつくってくれたもの。

しかしちょっと誤解しているようで、学者帽をかぶっている。学長と間違えているような……。

ともかくこのお花の写真を、みんなに送ると反響がすごい。

「さすがアンアン、おしゃれ！」

「こんなの見たことない」

そういえば、いろいろなお祝いの時、アンアン編集部はいつも、パンダをかたどったお花を送ってくれる。ロビイにこのお花が飾ってあると、みんなパチパチ写真を撮る。すごい人気だ。

さて、最近私はヘッドスパに凝っている。やってくれるのは、Y君といって若いイケメ

ンの男性。もともとは美容師さんだったのだが、自分で研究を重ねこのヘッドスパを開発したのだ。

気持ちいい、なんてもんじゃない。口コミで拡がって、あっという間に有名人が押しかけるところとなった。が、彼は月の半分は関西に住んでいるので、とてもお客をさばききれない。ということで、今は紹介制になっている。このあいだは某若手有名バイオリニストのA子さんを紹介したところ、

「肩こりがすっかりなくなった」

と彼女に喜ばれた。

バイオリニストというのは、演奏する時に歯を食いしばるので、首や肩の痛みがハンパではないらしい。

「これからも通います」

とA子さんは言ったものだ。

ある日、Y君がこんなことを口にした。

「ハヤシさん、口腔マッサージって知ってますか」

「いいえ」

「口の中で、その人の顔立ちが決まるんですよね」

「へえー」

「だから口の中って、すごく大切なんです」

言われなくても、オーラル関係はちゃんとやっているつもり。昔から月に一回、クリニックに通ってクリーニングしてもらっているし。

「そういうもんじゃなくて、このマッサージは、口の中の筋肉を鍛えるんですよ」

聞いてみるとなんだか面白そう。

ご存じだと思うが、私は美容の最新情報に目がない。新しいものは何でも試してみたくなる。整形はイヤだけれど、低周波だの、酵素だの、いろんなことをやっている。

「ハヤシさん、彼女も関西で開業しているんです。東京の人にも知ってもらいたい、っていうことで、僕のこのマンションを、僕がいない間半分使わせてあげることにしました」

「ふーん、そうなんだ」

「ハヤシさん、いっぺん口腔マッサージ、やってもらった方がいいですよ。本当に気持ちいいし、顔の形が違ってきますよ」

といういうことで興味シンシン。

Y君を通じて予約を入れてもらった。

そして行ったのはつい先日のこと。場所はいつものY君の小さなマンションだ。彼の替わりに、白衣を着た女性が待っていてくれた。

関西訛《なま》りがY君と一緒。

「ちょっと痛いかもしれませんけど、頑張ってくださいね」

最初に言われた。喉の奥まで指をつっ込むそうだ。

「私、そういうのがいちばん苦手なんです。すぐゲーってなっちゃいます」

「痛かったら言ってください」

女性はてきぱき。

口を大きく開いた。写真を何枚も撮られる。これはかなり恥ずかしい。やがて強い力でマッサージが始まった。親指を思いきり中につっ込み、頬の裏側を上下させる。最後はかなりの奥の方まで指を伸ばしてきた。

「くっ、くっ、苦しいよー」

「もう少しの辛抱です」

ベロの裏側まで、丁寧にマッサージしてくれるのだ。苦しいけれど、ずっと気になっていたほうれい線が、これで直るといいのだが……。

マッサージが終わって写真を見せてくれた。ビフォーアフターの写真。横から見ると、確かに顎のだぶつきがすっきりとしている。頬のラインもシャープだ。その後さらに驚いたことがある。ベロの裏側まで撮られ、

「なんでこんなものを……」

と思ったのであるが、写真を見て驚いた。ベロの裏側の線が、以前は斜めだったが、今はまっすぐになっている。唇も明るい色になった。

七月の予約もしてきた。ヘッドスパと口の中のマッサージ。関西勢が私に癒やしをくれます。

ブラウス求めて八千歩

作家というのは自由業なので、どんな格好をしていても許される。といっても、私の場合きちんとした場所、会議や対談といったところが多いのでジャケットの出番となる。うっかりしてカジュアルな格好をしていき、「しまった」ということが何度あったことか。ちゃんとした格好をしていれば、ひとまずは心が落ち着いていられる。

この頃、またジャケットを着ることが増えた。ご存じのように母校の理事長を引き受けたから。

ジル サンダーのジャケットやセットアップが好きで何着も持っている。ジルのジャケットは素材がよくてシルエットが本当に美しい。が、きちんとしすぎるのもナンなので、インナーで遊ぶことにしている。

Tシャツにアクセをつけたり、他のブランドと組み合わせる。

このあいだの記者会見の時は、黒いセットアップにPRADAのレースブラウスを組み合わせた。ものすごく手が込んでいて高かったやつ。ノースリーブロング丈のもので、本

来ならドレスっぽく着るのであるが、あえてインしてブラウスにした。

おかげで多くの友人から、

「テレビに出てた時に着てたあのブラウス、どこの」

と聞かれた。

ちょっと嬉しかった。

そして撮影のために、またきちんとした格好をすることになった。着るのはカチッとしたセットアップだから、インナーはやわらかい印象の女っぽいものにしたいなあ。あのレースのをもう一度着ようかしら。いやいや、女性というのは、ヒトの着ているものをすごくよく憶えている。同じものは避けた方がいいだろう。

私が考えたのは、シルクのとろんとしたブラウス。いい素材のシルクというのは、顔をものすごく明るく見せてくれるはず。

「ああいうブラウスは、やっぱりシャネルかなぁ」

ということで表参道のショップに行ってみた。そうしたらものすごい行列ではないか。

「セリーヌを見てみよう」

ここも十人ぐらいが並んでる。いったいこれってどういうことなんだろう。

後で友人が言うには、

「今、円安で海外ブランドがものすごく高くなっている。七月二十日にいっせいに値上げするところが多いよ。その前に駆け込みで買うんじゃないの」

とのこと。

空いている他のブランドを覗《のぞ》いてみたけれども、これといったものは見つけられなかった。

白とかベージュ、ピンクの真珠のような光沢のあるブラウス。そうしたものは、いったいどこに売っているんだろうか。表参道をあちこちさまよって、スマホを見たらなんと八千五百歩も歩いていた。びっくり。

結局最後に行ったPRADAで、とても可愛いブラウスを発見。フリルがついた青いギンガムチェックもある。あまりにも素敵なので三枚も買ってしまった。

これからはセットアップはもう制服のように着て、インナーで変化をつけることにしよう。

何十年ぶりかに通勤することになるんだものね。

ところで、おしゃれに関して人のいいところをすぐに真似るのが私のいいところ。

つい先日、おしゃれ番長の元アンアン編集長、ホリキさんに会ったら、何気ないカットソーにつけていたアクセがハンパなくカッコいい。バロックのパールに、幾何学模様のシルバーを二重につけている。長さがぴったりで、まるでそれでひとつのネックレスのよう。

「なんて素敵なの!?　どこで売っているの」

と尋ねたところ、

「お店に頼んでオーダーしたの」

そうか。そうでなければ、こんなにうまくマッチしないものね。

そして今日、用事があって銀座のマガジンハウスに出かけた。担当のY君とランチをした。近くの店で親子丼を食べながら、ホリキさんの話をする。

「三日前に会ったよ。相変わらずおしゃれだったよ」

その帰り、マガジンハウスの裏手を歩いていた。そしてふと目をやると、ホリキさんがしていたのと同じようなバロックパールを発見。シルバーも並べられているではないか。どれも安くて可愛い。デザインがしゃれている。

「もしかするとホリキさんもここで買ったかも」

バロックパールとシルバーは、長さがぴったり……というわけにいかないが、留め具で調節出来た。

そしてピンクのベビーパールも買って大満足。ベビーパールは色々組み合わせられて本当に重宝する。大人がするとややチープに見えるが、このピンクはそんなことがない。

とにかくおしゃれも頑張らなくては。女子大生の目は厳しいですからね。

ちなみにホリキさんに聞いたら、このお店は知らないそうです。

勤め人、リスタート！

毎日、息もたえだえ。

忙しい、なんてもんじゃない。

前だって忙しかったけれども、母校の理事長に決まってからその忙しさが二倍になった。

毎日とびまわって、いろんな会議に出たりいろんな人に会ったりする。

実は今日（二〇二二年）七月一日が就任の日だったのであるが、まさかこんなことになるとも思わず、六月にめいっぱい仕事やスケジュールを入れていた。

京都に泊まりがけの取材に行ったり、甲府でコンサートのトークもあった。そして対談もいっぱい。

レギュラーに加えて、着物雑誌で三浦瑠麗《るり》さんと着物談議をした。

瑠麗さんとは以前からの知り合いであるが、着物好きと知ったのはつい最近のこと。

「私がホストの、着物雑誌の対談に出てね」

とお願いしたところ、二つ返事でオッケー。あの忙しい方が、着物を着て半日つき合っ

てくれたのだ。

洋服姿でも美しいことで知られる瑠麗さんであるが、その着物姿の綺麗なことといったら。顔が小さいうえに、なんともいえないたおやかな品がある。

ご自分で買った着物を二点着てくださったのであるが、どれもぴったり似合っていて、

「表紙になってもいいぐらい」

と編集者たちはため息をついた。

詳しいことは、次号の「きものサロン」を見てくださいね。

そして唯一の息抜きといえば、おいしいものを食べることとショッピング。

忙しい合い間を縫って、セールにも行った。PRADAでブラウスを三枚買ったことは既にお話ししたと思うが、今回はグレイのジャケットと、シルクのブラウスをゲット。

実は私、何十年ぶりかで勤め人生活が始まろうとしているのだ。

今までは居職《いじょく》の常として、カジュアルでラクチンな服が多かったのであるが、毎日大学本部へ行くことになると、ジャケットが必要。

コーディネイトを考え、アクセも決める。それも毎日……。などという生活はずーっと前に終わっていたのであるが、また始まるとは。しかしこれが新鮮で楽しい。おしゃれ度がアップしそう。

反対に、あまりおしゃれ出来ない時も出てきた。今まで私はフォーマルな場だと、必ずといっていいぐらい着物で行った。サロンに行き髪を結ってもらい、着付けの人に来ても

らう。ものすごく時間がかかるけれども、女というのはそういうことをしてもらっているうちに、気分が上がるもの。

が、このあまりの忙しさに、とても着物を着る余裕がなかった。知り合いのお嬢さんの披露宴に招待されていたのであるが、お母さんにこう断った。

「ごめんなさい。私、当日も出かけるところがあって洋服で行かせてもらいます」

お気に入りのアルマーニのドレス。これはロング丈で華やかなプリント。シワにならないうえにシルエットも美しい。

このあいだも別のパーティーに着ていったけれども、客層が違うからと、またこれにした。

会場のホテルに行くと、華やかな着物姿の女性でいっぱい。最近めったにないぐらいの大規模な披露宴である。皆さんものすごく力を入れていらしたのであろう。

六月の着物は単衣《ひとえ》といって、裏地がついていない。単衣の訪問着なんて、ものすごく贅沢なものなのだが、ここのお客さんたちはみんな着ている。さすがだ。

私だってとても素敵な単衣を持っていたんですけどね……。

さて、花嫁のお嬢さんは元タカラジェンヌ。娘役であった。だからその美しさもハンパじゃない。

ウェディングドレスで舞台にあがったのだが、その身のこなしがうっとりするぐらい気品高く、身をかがめてお辞儀するさまがまさにお姫さま。

元タカラジェンヌだから、新婦の友人もみんなタカラジェンヌ。現役の方もいらしたが、ほとんどは結婚していたり別の仕事をしている。が、共通しているのは、ものすごい美人ということ。

元タカラジェンヌの結婚式に、私は何度か参列したことがあるが、皆さん「すみれの花咲く頃」を歌う。これは実に感動的だ。

その時も二十人ぐらいの女性が、声高らかに歌い始め、あまりにも素敵でジーンときてしまった。

「タカラジェンヌたちの『すみれの花咲く頃』はやっぱりいいよねー。最高だよねー」

とうちに帰って言ったところ、秘書のセトが、

「私たちCAも、披露宴の時に必ずやるアレがありますよ」

「あぁ、アレね」

見たことがある。機内アナウンスを真似て、離陸後の飛行時間は、甘い甘い結婚生活……とか言うんだよね。

女性だけの集団がつくり出すならわし。なんか面白い。まぁ、私には全く縁のない世界であったが、「すみれの花咲く頃」には癒やされたなぁ。

シアワセ・フォーエバー

めちゃくちゃ忙しい。息もたえだえ。

毎年夏は、まったりと過ごすことにしていた。

めんどうくさい仕事はみんな断り、クーラーの効いた部屋でだらだら過ごす。外出なんてしない。夜になってからやっと動き出し、食事や飲みに出かけていた。

そんな私が、毎日スーツを着て朝から出かけるようになったのだ。何十年ぶりかの勤め人生活。

毎日三つぐらい会議があり、決裁を求めにくる人や来客がひっきりなし。昼飯を食べる時間なんかなく、コンビニで買ってきてもらったパンを食べる。

いくつかの行事はキャンセルした。買っておいた歌舞伎やお芝居のチケットは人にあげ、週に二回やってもらっていた、トレーナーによるストレッチは、

「まるで予定が立たない」

と断っている。

そして最後にニッチもサッチもいかなくなったのが美容関係。そう、顔を上げてもらう低周波やヘッドスパに、どうしても行けなくなったのだ。

こういう時どうするか。突然のキャンセルは申しわけない。私は秘書に言った。

「あなた、私の代わりに行ってきて」

「えー、いいんですか」

「仕方ないもの」

ヘッドスパの代金はかなりお高い。二十五歳のピチピチした女性には、もったいない値段だ。が、私は代理を立てた。

帰ってくるなり彼女は興奮して言った。

「ハヤシさん、いい思いをさせてもらってありがとうございました」

あまりの気持ちよさにぐっすり眠ってしまい、終わった時はスッキリ。

「腰までよくなってました」

CAをしていた彼女は、腰をやられていたのだが痛みが軽くなった。ともかく至福の時を過ごしたのだ。

それを聞いたらちょっと口惜しくなった。昔のカレを取られたような気分、とでもいったらいいだろうか。

「私のおかげで、そんなにいい思いしたのか……」

そうそう、

「エステは女のソープである」

という名言を残したのは、漫画家の柴門ふみさんである。どちらも人の手によって快感を得ることが出来るからだそうだ。

私はリゾート地で経験したいくつかのエステを思い出す。ハワイ、プーケット島、バリ島、セーシェル、ヴァージン諸島。特に記憶に残っているのは、バリ島でやってもらった、男性二人によるエステであろう。もちろんヘンなものではありません。

太陽の下、要所要所はタオルで覆われてマッサージが行われた。素っ裸でひっくり返される時は、さすがにとまどったが、現地の男性二人は、

「ほれ、よっこらしょ」

という感じで、タオルでうまく隠してくれながら、うつぶせからあおむけにする。デブのオバさんの裸など、単なる重たい物体にすぎないのであろう。

ともあれ、彼らは私のカラダをピカピカにしてくれた。二時間かけてコースを終えた後、少し陽が翳《かげ》ってきたテラスで、南国の甘いカクテルを飲んでいると、私のボディがとても価値あるもののように思えてきた。

もともとは難アリであるが、お金と時間をかけて磨き抜いたオブジェという感じ。

こういう時、若くて恋人と一緒に来ていたら、どんなに楽しいことであろうか、と私は想像する。自信を持ってそういうことが出来るような気がする。

自分のためにだけ、至福の時を過ごした後、今度は別の至福が待っているわけだ。

ところで、世の中には至福というのが、いくつあるのであろうか。私はその数は女の方が多いような気がする。

男の人の欲望というのは、単純で数が少ないけれども、女性のそれは数多い。エステとひと口で言っても、いろいろな種類があり、顔か、ボディか、腕だけか、というのもある。そして女性はスイーツを、これ以上ない喜びととらえることも出来る。

よく若い女性は、食べ物を写真に撮ると批判する向きがあるが、あれは自分の幸せを記録しているに違いない。

昨年の夏、故郷の山梨で桃農家がやっているカフェで、ピーチメルバを食べた。そのおいしかったことといったらない。夏の陽ざしの中、キラキラ光るグラスと、ピンクの桃の色を今でも思い出す。

私はこの頃、よく眠れないことが多い。仕事のことを考えると目が冴えてくる。それよりも安眠出来ないのは、しょっちゅう夫婦喧嘩をするせいだ。

夫に対して腹が立って腹が立ってどうしても眠れない。そういう時、昔、好きだった男の人のことを思い出す。私にくれたお気に入りの言葉や、一緒に乗ったボートのこととか。

至福の時って思い出になっても甘い。それを飴《あめ》のように取り出して時々なめる。するとまた幸せになれる。

そのパーマ、女の決意！

私の髪問題は、ずっと長いことくすぶっていた。

ここでも何度もお話ししたと思う。ブロウがあまりにもヘタクソのため、週に何度もサロンに行かなくてはならない。その時間たるやかなりのものになる。

先々月思いきって、きつくパーマをかけてみた。パーマをかけるのも何年かぶりだ。

「くしゃくしゃって、ソバージュにしましょう」

ということになったのだ。最後はちょっとアイロンをかけて出来上がり。

「自分でもカンタンに出来ますよ。オイルと水をなじませて最後にくしゃくしゃしてください」

そうやって朝、髪を整えていたら、ピンポーンとインターホンの音が。私の理事長就任のニュースを聞きつけたマスコミの人たちだ。私はふだん着で対応した。その時の髪が話題になったのである。

「あれは起きたてでああなっているのか。それともわざとボサボサにしているのか」

という友人からの質問がいくつもあった。ソバージュ、ということはまるで理解されなかったようだ。残念である。女友だちには、

「だらしない」

と言われた。

そして今は、パーマもかなりとれかけ、サロンでブロウしてもらっている。すっかり元に戻ったのだ。いや、そうではない。事態は悪い方に向かっている。大学に行く時間がどんどん早くなり、九時半や十時に着いていなくてはならない。ＯＬさんにはあたり前のことかもしれないが、今まで自由業だった身の上、かなり大変だ。いちばん困るのは髪問題。サロンに行くことが全く出来なくなったのである。

そんなわけで、毎朝自分で髪をブロウする。これが超ヘタクソ。ドライヤーをあてながら、ロールブラシを使っているのであるが、うまくいかない。バサバサにひろがってしまう。私は量が多いので、艶がない髪だととにかくだらしなく見える。本当にどうしたらいいんだろうか。

ところでソバージュといえば、思い出すことがある。

友人に筋金入りのキャリアウーマンがいた。バリキャリ、なんてもんじゃない。いつしか独立して自分で会社を始めた。バツイチの独身。いつもさっそうとジャケットを着て、ヒールで歩く。なんてカッコいいんだろうといつも憧れの目で見ていた。

ところがある時から、彼女のファッションセンスががらりと変わったのだ。突然ピンク

ハウスを着始めたのである。

ピンクハウス！　今の若い人はご存じであろうか。メルヘンティックの可愛いワンピースは一世を風靡《ふうび》したものだ。プリント柄のふんわりとしたワンピに、ぺったんこ靴というファッションで彼女は現れるようになった。髪もソバージュ。あまりの変わりぶりに私はびっくりした。そして、

「前の方がずっとよかったのに」

とこっそり思ったものだ。ふりふりワンピにソバージュは、彼女のキャラに似合っているとは思えなかったのだ。

が、すぐに真相が判明する。彼女は妊娠していたのだ。道ならぬ恋だったようで、未婚の母の道を選んだのである。

今ならそこまででもないが、昔はわりと騒ぎになった。彼女は自分の会社のスタッフにも知られまいと、ギリギリまで隠しておこうと決心する。そのためのピンクハウスだったのだ。後に、

「洋服に合わせるために、ソバージュにした」

と言っている。

なるほど、それで合点がいった。

女性の髪にはいろいろな思いが隠されているんだ。

そうそう、一時期グレイヘアというのが流行ったっけ。私もちょっと心ひかれたのであ

るが、

「あれは美人でないと似合わないよ。それと体型にも気をつけて、ものすごくおしゃれにしとかないと」

とかなり失礼なことを言われて、まわりに止められた。

女性雑誌を見ていると、確かにそのとおりかもしれないと思うしかない。モデルの結城アンナさんとか本当に似合う。はっきりした目鼻立ちに、グレイの髪はぴったりなのだ。

このあいだグレイヘアの元祖ともいえる、近藤サトさんにばったり会った。何年ぶりだろうか。

相変わらずの美しさ。お着物をお召しで、アップにしたグレイヘアが本当に素敵であった。なんとも洗練されているのだ。

「グレイヘアは諦めたけど、とにかく、私の髪、なんとかしたいの。自分の手で毎朝きちんとブロウ出来るようにしたい」

とヘアメイクさんに相談したところ、ドライヤーアイロンを勧められた。その場でアマゾンでポチッ。届けられてさっそくやってみたのであるが、ボサボサしてしまうことに変わりない。

「水分が足りないのでは」

と言われたが、髪に水を与えるってどういうことなんでしょう。髪問題は今も続く。

母校へ、ただいま!

私が日大理事長になった時、テツオさんが言った。

「日大芸術学部とマガジンハウスで何かしようよ」

芸術学部は私が卒業したところである。

当時、ここはすごい人気だった。特に放送学科などは六十倍という倍率だったと記憶している。

「日芸のファッション」

ということでよくマスコミが来た。

芸能人もいっぱいいた。

今も「ニチゲイ」は、有名人を多数輩出することで知られている。

「きっといろいろ面白いことが出来るよ」

ということで、今日はテツオさんたちと江古田の芸術学部へ。

アンアンの編集長・キタワキさん、私の担当者・シタラちゃんなど、総勢五人が来てくれた。本当にありがとうございます。

まず日大学部長や、事務局長といろいろなことを話し合った。いろいろなアイデアが出てくる。

私はお願いした。

「雑誌の編集部というのは、ゲラが上がってくる、写真が仕上がる、みんなであれこれミーティングする、いるだけでワクワクするところなんです。ここの学生が、アルバイト出来たら、とても勉強になると思うんですよ」

それから見学へ。

ここ日大の芸術学部は、プロも驚くテレビやラジオのスタジオ、副調整室を完備している。その立派さは、地方局の人が、

「うちの倍ある」

とびっくりするぐらい。

私も驚いた。広いスタジオに立ち、

「これってNHKの『あさイチ』ぐらいあるかも」

テレビカメラもすべてプロと同じものを使っているのだ。

放送学科の後は、私が卒業した文芸学科へ。エレベーターを出たら、たくさんの学生さんが待ち構えていた。しゃぼん玉やバルーンが飛ぶ。

「お帰りなさい、マリコ先輩」

「アイ・ラブ・マリコ」

と書いたウチワがふられる。

じわーんと涙がこぼれそうになった。

「お帰りなさい」

なんていい言葉なんだろうか。昔のことが甦《よみがえ》る。私は少しも勉強しない学生だった。ただ、部活動のテニスに夢中だった。このテニス部は軟弱なところで、みんなが恋をしに来ていたみたい。二十六人中、七組がカップルだった。あぶれた私って、何なの？　という感じだ。

自慢じゃないが本当にモテなかった。二年生の時、勝手に「カレシ」と思っていた人を一年生の女の子にとられてしまった。コンパの帰り、すべてがわかり、わっと泣いてしまったっけ。今となれば、それもいい思い出である。大人になってからの恋のつらさに比べれば、お子ちゃまの恋なんてどうということもない。

学生さんたちの質問を受けた。その中に、

「ハヤシさん、二十歳の日大生の自分に、どんな言葉をかけたいですか」

というのがあった。私は即座に答えた。

「あなたは、あなたが考えているよりもずっとすごいよ」

おおーとどよめきが起こる。でもこれは本当のことだ。

私の言葉は意外にも、マガジンハウスの編集者にもきいたようだ。

「ハヤシさん、私もそう思って生きていきます」

というＬＩＮＥをもらった。

さて、見学を終えた私たちは学食へ。

「ここに来るのは何十年ぶりかなー」

みんなとても楽しそう。並んでトレイを持って料理をもらった。今日のランチは、ラーメンと半カレーである。ラーメンはとてもおいしかった。

キャンパスはやっぱり楽しいなあ、若い学生がいるだけでわくわくしてくる。このトシになって学食で食べる生活があるなんて思ってもみなかった。

この日の私のファッションは、マルニの白シャツに、黒のタイトスカート、モンクレールの白スニーカーという、かなりの若づくり。

「理事長のファッションの好みは？」

という質問もあったっけ。

そうそう、このあいだこんなアドバイスも受けた。

「ハヤシさん、キレイでおしゃれな理事長でないと女子大生は憧れませんよ」

私はかなりお洋服にお金を遣っているのであるが、なにせオバさん体型なのは否めない。おしゃれ、というのとは違ってきてしまう。

しかし憧れられるのは無理としても、好かれる理事長にはなりたいものである。

食堂では女子大生たちに声をかけられる。

「一緒に写真撮ってもいいですかー」

もちろんですよ。

若いっていいな。大学生っていいよなー。でもみんなそのことに気づかない。わかるのはオジさん、オバさんになってから。学生の時は目の前の悩みに立ち向かうのが精いっぱい。私もそうだった。

〝ひたれる〟のは舞台だけ

世の中は、お芝居好きの人と映画好きの人との、二手に分かれるような気がする。

もしかすると、ふたつとも好き、という人がいるかもしれないが、まわりで見たことがない。

私はかなりお芝居が好きな方だと思うが、映画館にはあまり行かない方だ。新作で面白そうなものがあっても、たいてい観逃してＤＶＤか、アマゾンプライムで観ることになる。

思うに映画館というのは、忙しい人にはとても不向きに出来ている。たとえば二時頃銀座でちょっと時間が空いた時、

「映画観ようかな」

という気になっても、まずうまくいったためしがない。四時とか五時とかがスタート。入れ替え制ではなく、昔みたいに、途中から観られたらどんなにいいだろう。

え、そんなことをしてストーリーがわかるかって？　不思議なもので、観終わると頭の中でちゃんとつながる。大まかな筋立てさえわかれば困ることはない。ぜひあれを復活さ

せてもらいたいものだ。

とにかくいつも映画の時間が合わず、いらいらしている私。

「それならば、朝イチの上映に行くのがいちばんいいんじゃない」

という声があり、六本木ヒルズのヴァージンシネマズに行くようになった。一人だけだとナンだと思い、このアンアンの元担当編集者と二人「早朝シネマクラブ」というのをつくったこともある。

しかしそれは長く続かなかった。彼にお子さんが出来て、朝は育児に追われるようになったからだ。

それならばと、近所の奥さんを誘うようにしたのであるが、女二人だと観終わった後、ついランチをしてしまう。その後だらだらと買物をし、うちに帰ると四時近くになっていたということがしょっちゅう。

そこへいくとお芝居は、ずっと時間が節約されるような気がする。マチネなら一時、ソワレなら六時と決まっていれば、その十五分前に劇場に行くようにすればいい。この日とこの日、とスケジュール帳に入れておけば予定も立てやすい。

夜のお芝居が終わった後、シャンパンと夜食というコースもあるが、コロナ以後、みんなわりとまっすぐ家に帰るようになった。

個人の感想としては、映画よりもお芝居の方が忙しい人向きだ。

何よりも私は、あの劇場の空間が大好き。役者さんの息づかいがはっきりと聞こえ、彼らがつくり出す世界に入り込んでいく。

人気俳優さんたちの、新しい魅力にひたれるのもお芝居ならでは。

映画やテレビで大人気のスターさんも、時には演劇に挑戦する。あれは本当にすごいと思う。まず膨大なセリフを憶えなければならないし、発声法も違うだろう。小劇場だとギャラもちょびっとだと思うけれど、それでも志ある俳優さんたちは舞台に立つ。そして映像では見せない姿を見せてくれる。私はそれが大好き。

しかしいつでも成功するとは限らない。時々アイドル系の女優さんたちが舞台に立つと、無理に声を出そうとして喉がゴニョゴニョ動く。ヘンにかん高い声になってしまう。

その点、このあいだ本多劇場で観た二階堂ふみちゃんは素晴らしかった。

貴族の女性として、執事を従えて登場。そのファッションが素敵。真っ白いパンツに真っ白いケープ、真っ白いつば広の帽子というでたちなのだが、脚の長さにびっくりだ。二階堂ふみちゃんが、これほどスタイルがいいとは。テレビや映画ではなかなかわからないことだ。

そして次は黒のワンピ。これがものすごく可愛い。ボブの髪とよく似合っていてまるでお人形さんみたいだ。権高い貴族の女性を演じていたが、演技が自然で声もよく通る。舞台は魅力ある俳優さんが出てくると、一瞬たりとも目が離せなくなるが、その時もそうだった。

このあいだ観た江口のりこさんもよかったなあ。もともとお芝居出身の方だから、うまいのはあたり前なのであるが、舞台に立つと全身からオーラがはなたれるという感じ。前からファンの私はうっとりとしてしまった。

私の観劇の師匠は、フリーアナウンサーの中井美穂ちゃん。彼女は単なるお芝居好きではない、権威ある賞の選考委員もつとめているほど。彼女に観てきたお芝居の話を聞いてもらうのが大好き。

「ミホちゃん、○○△△の新作ひどいよ、脚本がなってない。あんなものやらされる俳優さん、かわいそう」

「○○△△さんは、好き嫌いが分かれますからねー。でも主演の□□さんよかったですよー」

と冷静な答えがかえってくる。

これは真実らしいが、テレビドラマは脚本家のもので、映画は監督のもの、そしてお芝居は俳優さんのものだって。だから忙しい人たちも舞台に立つのかな。たとえ小さな劇場でも、その心意気にひたれるのがお芝居。

就任祝いはイケメン俳優！

このところ毎晩のように会食が続く。

それも八時半から。

どういうことかというと、最近東京の人気店というのは、和食やお鮨、そしてイタリアンでも二部制をとっている。最初のスタートは五時半から、次のスタートは八時半などということになるのだ。

「そんなのイヤ」

という人もいるかもしれないが、おいしいものを食べようとするなら仕方ないかもしれない。それに八時半からの回の方が、職人さんたちも調子が出てきていい感じ、というのは定説である。

まず火曜日は、とあるフランス料理店で。ここのスタートは七時からであったが、お喋《しゃべ》りが盛り上がり、終わると十一時になっていた。次の日は予約がとれないスペイン料理。八時半からであるが、オフィス街なのであたりはもう暗い。二十分前に着いたので、少し早いけれどお店で待たせてもらおうとしたらドアが閉まっている。定時のお店というのは

こういうことが多い。絶対開けてくれない。

仕方なくあたりを歩く。お茶を飲むところもなく、暑い夜の街をふらふらとさまよった。が、そうしているうちに、食への期待が高まっていく。

そして八時半ちょうどに店の前に着くと、友人が車から降りてくるところであった。ものすごく食通の彼は、手にワインを持っていた。私のお祝いのためだ。

男性二人に囲まれ、凝ったバスク料理を食べる。

「ハヤシさん、これから大変だろうけど、つらいことがあったら、いつでも僕たちがこうしてご馳走するからね」

う、嬉しい。もしかすると、こういうのってモテるっていうこと？

そして次の日は、やはり八時半スタートのお鮨屋さん。住宅地のわかりづらいところにある。小さい看板が出ているだけなので、初めての人は迷うに違いない。

自慢が続くけれど、このお鮨屋さんも都内で予約困難ベスト3に入るところだ。今日は私のお祝いのために、友人が七席貸し切りにしてくれたのだ。

いつもの仲よしの顔が並ぶ。しかし私の右隣りは空席のまま。

「ここ、誰が来るの？」

聞いても友人はニヤニヤしている。やがて扉が開き、帽子と黒マスクをした男性が入ってきた。顔がやたら小さくて、帽子と黒マスクをしているといったら芸能人……。

「や、や、あなたは⁉」

そう、イケメン俳優の代表といわれる〇〇〇さんではないか（名前三文字。あててね）。

このページで、おととし名古屋の天ぷら屋さんのことを書いたことを憶えているだろうか。グルメの友人が、日本一といわれる天ぷら屋さんに連れていってくれた。みな同じ時間の新幹線で行ったのだが、車輌はバラバラ。

「大時計の前で集合」

ということで歩いていったら、そこにキラキラ輝《ひか》るものが。そう、マスクをして顔を隠していても、オーラがダダ漏れであった。そう〇〇〇さんも招かれていたのだ。

みなでミニバスで店に向かった。カウンター貸し切りになっている。その時、

「マリコさんは〇〇〇君の隣りね」

友人が配慮してくれたのであるが、私は後ずさりした。

「やめて、やめて。お願い！　こんなカッコいい人の隣りで、私は天ぷらを食べることなんか出来ない。緊張でひと口も食べられないよー」

みなは笑った。

「マリコさんって、案外カワイイとこあるんだね」

そしてそのことを忘れかけていた二年後の今日、友人はちゃんと憶えていてくれたんだ。そして私のために彼を招いてくれた、というワケ。

「僕からの就任祝いだよ」

なんて笑ってる。しかももう席は決められているので、逃げることは出来ない。

はい、私は食べ始めました。〇〇〇さんは気を遣ってくれて、

「リジチョーって、どんなお仕事なんですか」

なんて聞いてくれる。

なんて美しい横顔、なんて綺麗な肌。目が本当に綺麗なの。といっても、私はちゃんと彼の方を向いて話すことが出来ない。しかしお鮨というのは有難いもので、正面向いてバクバク食べることが出来る。

でも、ちゃんとお話ししなきゃ。えーと、

「〇〇〇さん、今お忙しいんでしょう」

「映画も撮り終わってそうでもないですよ」

「そうですか……」

後が続かない。こんなイケメンとどう話していいのかわからない。

最後にみな揃って記念撮影。その後、

「〇〇〇君、マリコさんとツーショット撮ってあげて」

彼は体をくっつけてくれて、肩に手をまわしてくれた。ありがとう。なんて素敵なお祝い。私、頑張るからね。

そしてこのような日々が続き、私は二キロ太った。

推しデパートの来日

つい先日のこと、見知らぬ人から電話がかかってきた。

「ハヤシさんにお願いごとが。ハヤシさんだから出来ることが」

私の苗字がカギとなる依頼なのである。

このページを愛読してくれてる方なら、私が四年前に台南に行ったことを憶えているかもしれない。そこにあったのが林百貨店。戦前のレトロな建物をそのまま使い、おしゃれなグッズを売っているのだ。もうあの時は大興奮。なにしろ林、ＨＡＹＡＳＨＩ、と描かれたトートバッグや小物入れ、ハンカチ、お菓子が山のようにあるのだから。お菓子の丸い缶は、昔風のもので本当に可愛くて、爆買いした。

「ここは私のためにあるようなところじゃないの！」

そしてスーツケースにぎっしり詰め込んだお土産のグッズを、わが林一族に配ったところ、

「私も林百貨店行って、いろいろ買ったよ」

と姪っ子。彼女は中国語も出来るので、よく一人で台湾や中国を旅行している。さすが

だ。

私はもともと大の台湾好きであるが、それ以来林百貨店の大ファンとなった。出来たらそのためにまた台南に行きたいぐらい。

その林百貨店が、新宿伊勢丹のイベントとして、二週間だけオープンするそうだ。

「それで、開店前のセレモニーに、ハヤシさん出席していただけませんか。日本のハヤシさん有名人として。他にいないんです。よろしくお願いします」

そういえば、確かにハヤシ姓の有名人って少ないかも。林芳正外務大臣ぐらいしか思い浮かばない。昔、林与一さんっていう俳優さんがいたけれど、今の人はまず知らないだろうなァ……。

「そうね、私が行かなきゃならないかも」

ということで承諾したのであるが、私は大物のハヤシさんを忘れていた。そう、林修先生。お会いしたことはないけれど、テレビで見ない日はない。大人気者。

だけどたぶん引き受けないような気がする。二十人ぐらいのイベントだし……。

その日、伊勢丹の通用門から入り、中に進む。迎えてくれた伊勢丹の方と一緒に店内へ。

私は林百貨店も大好きであるが、伊勢丹愛も強い。ここに来ると、あまりにも欲しいものがありすぎて、軽い躁《そう》状態になってしまうほど。しかしこのところ忙しくて、ちょっとご無沙汰気味。おまけにいつもは混んでいる、誰もいないバッグ売場を通るなんて初めての体験だ。

「ま、ドルガバのなんて可愛いピンク！」

「えー、グッチのこれ、いい！」

と口がパクパクしてしまう。

が、もちろん開店前の売場の商品に触れることは出来ません。

玄関の近くにある林百貨店のコーナーへ。もうちらほらと人が集っていた。マスコミの人も何人か。

まずは台湾の貿易ナントカ代表というえらい人が挨拶。そして次は私。

「四年前に台南へ行って、たくさんお買物した林百貨店が来てくれて嬉しいです。私の先祖がつくったデパートと嘘をついて、みんなに来てほしいです」

そうしたら、私の隣りにいた女性がこう続けて話した。

「私が創業者のひ孫で、私が本物の子孫です」

皆が笑った。とてもユーモアがある人だ。

セレモニーが終わってからいろいろとお話をした。戦争前、百貨店をつくるなど大変な財を成したハヤシさんであるが、敗戦によってすべてを台湾に置いてきたそうだ。お孫さんはみんなお嬢さんで、ハヤシ姓はもう一人もいないという。

何人かがいらしていたが、皆さんおしゃれで都会の人、という感じ。私の後でスピーチした方は、肩を出したサマードレスが似合っている。なんでも歯医者をしているそうだ。この方のお姉さんだか妹さんの息子さんもいらしていて、なんと今年日大の芸術学部卒。

カメラマンとして雑誌社にお勤めしているとか。センスがいいのはやはりご先祖から受け継いだものなんだ。

さてセレモニーは二十分ほどで終わった。まだ九時半。どこかで時間をつぶして開店を待ってもよかったのだが、私には行かなくてはならないところがある。もし伊勢丹で買物を始めたら、三時間、四時間はかかるだろう。ここは目をつぶり、車で次の場所へ。

銀座の三越で先日、ワインとシャンパンを買った。何人か招待して焼肉屋さんで食事会をすることになっている。そのためのお酒だが、持ち帰るにはあまりにも量が多く、とりおきをしてもらっていたのだ。食事会はその日。だからどうしてもピックアップしなくては。タクシーを使って十時ぴったり。

開店と同時に入った。しかしまた途中で私の目を奪うものが。朝早いから、いつもは行列のセリーヌの売場に誰もいない。ちょっと寄って……、ダメ、ダメ。一刻も早くお酒を受け取って帰らなくては。買物出来ないデパートって、本当につらいものですね。

まわらない回転寿司⁉

週末は釧路へ。

私が所属している、エンジン01という文化人の団体が、ここでシンポジウムを開いたのだ。

二日間にわたって舞台に立つ。こういう時、つくづく私はズボラだなー、おしゃれじゃないなーと思う。着替えの洋服を極力少なくすることしか考えないからだ。

他の女性たちは二日目はガラッと洋服を替えるのであるが、私はそれがめんどうくさい。マリン風の紺のジャケットに白いスカート、それにTシャツという格好で羽田を立つ。PRADAのボストンバッグに入っているのは、Tシャツと下着、そして化粧品だけ。ところが着いたとたん、私はすぐに後悔した。話に聞いていたよりも、釧路はずっと寒かったのである。

それだけではない。今夜の私たちのウェルカムパーティーは、港の海鮮市場での炉端焼きだって。

「ハヤシさん、その真っ白いスカートはまずいんじゃないの」

皆に言われた。私もそう思う。さっきまで私と一緒にシンポをした人たちは、気軽な格好に着替えている。

あの黒いワンピを持ってくればよかった。心の底から悔しかった。持っていくかどうか最後まで悩んだのだ。

しかし行動力のある私。バスでその食堂に着いた時、すぐ近くにそれらしきあかりを見たのである。

「あれは何ですか？」

「アウトドアスポーツの店です」

ピンときて走っていった。

アウトドアのグッズが並んでいる。すぐに隅の方で私は発見した、防寒着のコーナーを。ジャンパーを羽織り、防寒用の黒いパンツをはいた。あら、なんだか悪くないコーディネイト。

「これください」

カードを出し、着たままハサミを借り、タグをカット。そして走って帰る。この間十五分ぐらいだ。私がいなくなったことに誰も気づいていない。だが着ているものは変わっている。

おかげでガンガンビールを飲み、汁のしたたる貝やシシャモを食べることが出来た。

本当によかった。

次の日、帰りの飛行機までなんと三時間もある。

「何か夕飯を食べて帰りましょう」

その時、勝間和代さんが言った。

「回転寿司にしましょうよ。釧路の回転寿司はおいしいと思いますよ」

回転寿司か……。十五年前ぐらいに行ったきり。正直あまり気が進まない。

ご存じかどうか知らないが、私は大のお鮨好き。山梨生まれだったので、子どもの頃にろくなお鮨を食べたことがない。だから東京に出てきて、お鮨の魅力にとりつかれた。働くようになって、ちょっぴりお金が入るようになって、まず私がしたのはお鮨を食べに行くこと。それもカウンターで。月に一度の贅沢。

今はそうお金の心配をしなくても、お鮨は食べられる。が、それよりも気になるのは体重のこと。だから今、私は年に何度かしかお鮨を食べに行っていない。大好物なのにじっと我慢している。

その私がどうして回転寿司を食べなきゃならないの……。

「どうせ行くなら、ちゃんとしたお鮨屋に行きましょうよ」

「えー、回転寿司おいしいですよー」

勝間さん、彼女は私と全く違い、超ミニマリズムな生き方をしている人。徹底的に無駄を嫌い、お洋服はサブスク、という人である。

その彼女が回転寿司ラバーであったとは。わかるような、わからないような。

「今の回転寿司は、注文して食べるようになっているんです。握りたてが常識ですよ」

そう、そうと頷《うなず》いたのは、なんとあの山本益博さんである。

「僕もよく近所のスシロー行くよ」

「ウソでしょ！」

マスヒロさんとは、かのすきやばし次郎という日本一の名店に、何度かご一緒したことがある。マスヒロさんなら、予約がとれるのだ。

そのマスヒロさんが……。

私はしぶしぶ従った。ホテルから歩いてすぐの回転寿司屋さん。いつもは行列らしいが、五時過ぎだったのですんなり入れた。

カウンター前に座るんじゃなくて、今はレールに垂直の六人がけのボックス席が人気。私は頼まれて伝票を書き、それをおニイさんに渡した。

「中トロ五人前、イカ五人前、ウニ五人前」

すぐに出てくる。握りたてが。

まあまあのお味であったが、私は釈然としない。これならふつうの握り鮨屋さんだ。かなり庶民的な。回転寿司って、流れてくる皿を取るのが楽しいんじゃないのかなー。少々乾いていても、私はそれ、ってつかまえるのが好き。

五人でわいわい食べて楽しかったことは楽しかったんですけどね……。

そっくりコーデにご注意を

この「美女入門」シリーズ20巻のタイトルは『あした何着よう』（二〇二二年七月刊）。編集者がつけてくれたのであるが、とても素敵なタイトルだと思う。今の私にぴったりである。

いいトシになってから、突然始まった勤め人生活。毎日違う服を着て、お化粧して出かけるなんて何十年ぶりであろうか。

ついこのあいだまで、自由業の私はのんべんだらりと過ごしていた。冬なんかだと、同じニットを半月ぐらいは平気で着ていた。しかし対談や取材で、おしゃれをして出ていかなければならないことも多い。そういう時は、お気に入りの組み合わせの何パターンかを、ローテーションで着ていた。

「どうせ違う人に会うんだし」

ということで、二日続けて同じ服を着ることもしょっちゅう。

ところが、毎日職場に行くということは、毎日違う服を着ていかなければいけない、ということなんですね。

「そんなの、あたり前じゃん」

と言われそうであるが、長年たらたらと過ごしてきた私にとっては、実に新鮮な体験である。

出かけていくところは、大学の本部というお堅い職場。まわりは男性ばかりである。ここでは浮いた格好をするのもイヤだし、ということで、スーツかジャケットということになる。

幸いなことに、私は昔からジル サンダーを贔屓にしていた。ここのジャケットは、カッティングが本当に美しく、素材も素晴らしい。数えてみると十四、五着あった。

ジャケットだけを居間の回転ラックにかけていく。そしてスカートとインナーとの、いろいろな組み合わせを考えていく。毎日色の足し算をしている。

まずは二階のクローゼットで、ブラウスかシャツを選び、スカートをはく。最後に一階に降りてジャケットを着るのであるが、これが案外うまくいかないことがある。頭の中で想像していたのと微妙に違うのだ。

例えばラベンダー色のブラウスに、黒いスカートを合わせ、最後にグレイのジャケットを羽織る。なんかおかしい。彩度が違いすぎて、ぎくしゃくしてしまうようだ。

それでジミになってあまり気がすすまないけれども、ジャケットを黒に代えたりする。この組み合わせ、いったい何十通りあるんだろう。

こうしていくうちに、なんだか私のファッション偏差値が高くなってきたような。そりゃあそうです。毎日三十分ぐらいは、着ていくものについてあれこれ悩むんだもの。

残念なのはあまりトガったものは着ていけないということであるが、会議がない日はマルニの黒のワンピを選んだりする。

学生と会う日はちょっと頑張るかも。女子学生はめざとい。

「おしゃれで素敵な理事長」

と言われたいものだ。

ところでこれほどエラそうに、着るものについてあれこれ書いている私であるが、最近もグータラが招いたある失敗が。

高級ブランド大好きであるが、通販にも目がない私。ネットで見るのでなく、カタログをちゃんと取り寄せてじっくりと見る。

昨年の夏、買って大成功と思ったのは、水色のコットンのサマードレスである。サマードレスといえばカッコいいが、はっきり言って部屋着ですね。しかし水色が可愛いし、Aラインのたっぷりしたデザインが本当にラクチン。

近所のおばさんたちも、私と同じような格好で、よく水まきや犬の散歩をしている。ところで今年の春、ミッドタウン日比谷のラルフローレンで、ナイティを買った。水色のコットンジャージー。

「はて、これは何かに似ている……」

そう、昨年買ったサマードレスに色も形もそっくりなのだ。さっそくこちらを取り出してみる。

「へぇー、区別つかないくらい」

だけど、寝巻きの方が、サマードレスよりはるかに高い。二倍した。

この夏私は朝起きると、水色のナイティを脱いで、水色のサマードレスに着替える。そして玄関を開け、新聞をとりに行き、コーヒーを淹《い》れる。

やがて八時半頃になると、サマードレスから、通勤用の服に着替えるのだ。

どちらも気に入り、ヘビーローテーション。そのうち間違えが起こっていく。サマードレスのまま寝てしまったり、ナイティを着て、朝玄関を開けてしまったり……。

うちの夫は、

「全く見分けがつかない」

と言うが、一応サマードレスの方はポケットがついている。寝巻きのままで一日うちにいるわけじゃない。

昨日はPRADAで、ピンクのブラウスを買った。なんて可愛い色！　リボンも素敵。新しいお洋服を買うことが、こんなに幸せだなんて。これも勤め人になって初めてわかったこと。気晴らしに野放図に買いまくっていた頃も懐かしいけど。

美のミューズ

女王さまよ、永遠に

お姫さまに会ったことある?

英国のエリザベス女王が崩御されたというニュースを聞いて、ちょっと涙が出てしまった。

あの方、大好きだったのになあ。

今年（二〇二二年）は在位七十周年ということで、エリザベス女王にまつわる、いろんな伝記や映像が流れた。私は『ザ・クイーン』というぶ厚い本を読み、ネットフリックスで女王さまに関するいろいろなドキュメンタリーを見た。

お若い時の美しかったことといったらない。気品に溢《あふ》れているけれども、やはりふつうの女の子で、それも可愛い。

軍艦の上で、若い士官たちとゲームをしているフィルムが残っている。この士官たちが揃ってイケメン。日本の海軍と違って、丸坊主ということはない。みんな金髪かプラチナ（モノクロなのでよくわからないが）の髪をなびかせ、女王さまと遊んでいる。女王さまはまだ十五、六歳。自分が女王になるなんてことは、あまり実感がなかったに違いない。

だから若い男たちとの遊びに、かなり興奮しているのがわかる。

何度も言うけど、この士官たちがみんな素敵。ショートパンツをはいて、すらりと脚が長い。彼らと一緒に、甲板でキャーキャー遊ぶ女王さま、なんかいいなぁ……。

そうそう、在位七十年の時に撮られた映像もよかった。

宮殿の中で、イギリスの国民的キャラクターのクマさんと一緒にお茶を飲んでいるシーンがあった。

「僕はいつもママレードトーストを持っているの」

とクマさんが言うと、

「私もよ」

とエリザベス女王が、バッグの中からトーストを取り出す。その素顔がとても可愛らしくて、エリザベス女王がますます好きになった。

後継者はチャールズ皇太子か。これについて異論はないが、「万年皇太子」などと呼ばれていたチャールズさん。すっかり老けていてびっくりだ。カミラ夫人もおばあさんになっている。

今日、友人とご飯食べていたら、男性の彼は、

「イギリス人の女性の好みがよくわからない」

と言う。

「どうしたって、カミラ夫人よりも、若くてキレイなダイアナさんの方がずっとよかったのに」

と言うのである。

こういう言葉を聞くたびに、

「この人の女性の価値観は本当に貧しい」

と思わざるを得ない。

そりゃあ、結婚した頃のダイアナ妃は、本当に可愛らしかった。だけどロックが好きで本を読まない今どきの女の子だったのも事実。

そこへいくと、中年でバツ1のカミラ夫人は、一見するとふつうのオバさんに見えるが、教養があり、人間味豊かな女性のようだ。見た目がいくらキレイでも、話が合わない女性と共にいることぐらいつらいことはないだろう。

ところで私は、このチャールズ皇太子とダイアナ妃におめにかかったことがある。初めての来日の時、英国大使館のレセプションに招かれたのだ。

ロイヤルブルーのイブニングをお召しのダイアナさんは、本当に美しかった。ちょっとだが、お話ししちゃった。あの時、若い女性は私ぐらいだったので、ちゃんとお話しすることも出来たのだ。

あぁ、懐かしい。

本物のお姫さまや王女さまにおめにかかれたのはなんてすごい体験だったんだろう。

私が子どもの頃、世界のどこかの皇太子と結婚して、お姫さまになれたらと考えていた。

そんなことが起こるはずもない。が、その頃の私はいろいろ夢みていたはず。

大人になると何人もの王女さまやお姫さまにおめにかかることが出来た。

スペインのエレナ王女さまとは、バルセロナオリンピック取材の時、プールサイドでお声をかけていただいた。お綺麗な方であった。

日本でも皇室の方におめにかかることがある。いつも気づくのは、立っている時、微動だになさらないということ。

「本当に人間だろうか……」

と考えるほどぴしっと背筋がのびている。が、お姫さまというのは、やはりこうでなければ。清く正しく美しく。

お姫さまが嫌いな女子っているんだろうか。子どもの時から、いろいろな絵本を読んで憧れてきたはず。

それなのに、大人になると、人はお姫さまのことを忘れがち。お姫さまのお洋服や生き方は保守的だと思い、興味を持たなくなってくる。私たちの頃には、ファッションリーダーというべきお姫さまもちゃんといらした。お姫さまにおめにかかるのは嬉しい。おとぎ話が現実になる。その大きな現実がひとつ消えた。エリザベス女王、安らかにお眠りください。

相撲とビールと若者男子

大人の階段のぼりました

秋場所が始まった。

秋場所は国技館で行われる。

皆さんご存じのように、この何年かお相撲が大好きになっている私。というのも、東京場所のチケットを毎回くださる方がいるからだ。

お相撲の面白さは、テレビを見ているだけでは伝わらない。すぐ近くに見ると、肉体と肉体がぶつかり合うまさに格闘技。体のバランスをうまく利用する頭脳プレイでもある。

そしてお相撲さんたちのカッコよさ、たまには体がぶよぶよの人もいるが、幕内の力士はみんな鍛え抜いた体を持っている。よく見ると、実はイケメンも多い。

私はお相撲を見た後、よくお風呂上がりに自分のお腹をパーン、パーンとはたく動作をしてしまう。お相撲さんが土俵でやるアレですね。私のお腹は脂肪でパーンと張っているのでいい音が出る……と言っても自慢にもならないが……。

ところでお相撲を見るにはいろいろな方法がある。私の友人はインターネットでよくチケットを買うが、この頃はいい席が手に入ることもあるという。このあいだは、溜席に一人座っていた。

溜席は、土俵をとり囲む平らな席だ。たいていは維持員が持っていて、ふつうの人にはまわってこない。

飲み食いはいっさい出来ないし、スマホで撮るのも原則禁止。しかしすぐ間近でお相撲さんを見ることが出来る。彼らの汗もとんできて迫力満点。

私も何度かここで見たことがあるが、隣りが高須クリニックの高須先生だったことがある。先生はいつものように西原《さいばら》理恵子さんと一緒で、私も友人と来ていたのであるが、なぜか、

「林真理子が高須院長と大相撲観戦」

と書かれた。よほど組み合わせが面白かったのであろう。

まぁ、それはともかくとして、溜席はなかなか手に入らない。ふつう「相撲見物」というと枡《ます》席ということになる。四角く区切ってあるあそこだ。

ここがまた楽しいんだな。国技館の地下で焼かれている、おいしい焼き鳥をおつまみにビールを飲み、お弁当を食べたりする。

コロナでこの楽しみはなくなったと思っていたのであるが、最近はちょっぴり復活。ビールは一人一本までならオッケー、ということになったのだ。

日曜日初日、この枡席のチケットをいただいて、私は二人に声をかけた。なぜなら定員四人であるが、私が入るとものすごくきつくなる。よって三人で使うことにした。

急きょA君を誘う。A君はこのアンアンの担当編集者。二十代の独身。当日LINEしたらすぐ来てくれることに。

「僕なんか本当にいいんですかァ」

国技館の前で待ち合わせをしたA君は、本当に嬉しそうだ。

「僕お相撲見るの、本当に生まれて初めてなんですよ」

たいていの若い人はそうだろう。私はすごく楽しいと思うが、若い人はどうなんだろう。まずは冷たいビールで乾杯。こういうのはお茶屋さんの男衆が持ってきてくれる。いかにも伝統を感じさせてくれて素敵。だけどお酒はビール一杯だけ。

「A君、私のビールあげる。ちょっとだけ飲めばいいから」

私はプラスチックのコップに少しだけ注いで、あとは彼にあげた。ビール飲むとトイレが近くなるだけなんだけど、彼は喜んだ。

「本当にいいんですか」

焼き鳥は相変わらずおいしいし、食べやすいように一粒ずつにしてくれている枝豆も最高。

「本当に本当に楽しいです」

A君は首をぶるんと振った。

「僕は今日、大人の階段を二段ぐらい上がったような気がします」

ふぅーん。いいこと言うじゃん。

「お酒飲みながら、こんなもの見られるなんて最高ですよ」

なんていい青年なのかしら、と思ったのであるが問題はその後。国技館ではコロナ対策のため、規制退場をしている。ブロックごとに出ていくのであるが、きちんと守れるように、「お楽しみ抽選会」をしている。

元人気力士の親方がクジ引きをして、そのブロックをひき止めておくのである。

「もう出ようよ。どうせ賞品は、力士の手形だよ」

「でも僕、手形欲しいです」

おかげで立ち上がることは出来ない。向正面は最後のブロックなのだ。

「タクシー、もうないよ。ブツブツブツ」

「すみません」

タクシー乗り場で待つこと一時間。

「ブツブツブツ……」

しかしやさしい私は、あんなに喜んでくれるならと、千秋楽の溜席に彼を誘った。

「初心者には超もったいない席だけどね」

イヤ味を添えることは忘れない。

華麗なる披露宴

最近写真を撮られることが多い。

どれも不満である。ひどい。

「私はこんなにブスじゃない」

「私はこんなにババアじゃない」

と文句ばかり言ってる。

「ハヤシさん、そこまで言うなら、うちの社のスタジオに来てください」

ある出版社の担当編集者が言った。そこは大手で立派なビルを持っている。その地下にいくつかスタジオがあるらしい。

ここマガジンハウスも、立派な写真スタジオを持っている。しかし、元社員寮だったところにつくっているので、ちょっと不便なところにある。

「うちはハヤシさんの職場から、すごく近いところにあります。ライトも揃っていてバンバンあてますから」

ということで行ったのであるが、そこで撮ったものも、やはりフツウ。

「私、こんなんじゃないと思うが」

そして気づいた。私の中で「マガハスタンダード」というのがあることに。そう、アンアンやクロワッサンで写真を撮ってもらうと、ヘアメイクさんがばっちり仕上げてくれ、私の専属カメラマン（のつもり）のテンニチさんが、腕によりをかけて撮ってくれる。

それほど修正はしないということであるが、出来上がった写真は、

「あ、あの、ここまでしてくださらなくても結構ですから……ホントに」

というぐらいのレベルになる。うちの夫なんか、

「別人じゃん」

と言うぐらい。しかし私の中でいつしか、

「本当の私はあれよ。そうよ、あれが本来の私の姿なのよ」

と確固たるものが出来上がってしまう。だから新聞なんかの写真を見ると、キーッと腹が立つわけ。

ところで週末のある日、とあるフレンチレストラン。ここで私の友人の結婚披露宴があった。

友人は再婚であるが、超がつくぐらいのお金持ち。といっても、昨今の成金ではない。由緒正しいおうちの超高学歴の御曹司である。しかもイケメン。昔からモテまくっていたのであるが、今回きちんと結婚することになったのだ。

相手は若いシンガー。こちらも超がつく美人。

お客さんは七十人ぐらいであったが、東京中のセレブが集っていたと思っていただきたい。私の斜め前に座っているのは、今をときめく、誰でも知っているIT企業のCEO、A氏。

気さくでやさしくて、私は大好きなの。

私の隣りには、有名なゼネコン一族のB氏。もう品があってインテリで、こちらも私の大好きなタイプ。

タキシードを着たこういう方々に囲まれ、とてもいい気分。こういうのを「両手に花」と言うのではなかろうか。

そして当然のことながら、会場は美女でいっぱいである。今の世の中、いや、昔からお金持ちはキレイな人と結婚することになっている。皆さんおしゃれで、ドレスも素敵。その中でもひときわ美しい人がいた。ラメのグレイのブラウスに、ロングスカートは、長身でなければ似合わない。すごいプロポーション。

「モデルさんかしら?」

と思っていたら、

「親友です。ミス・ユニバースに出たんですよ」

と花嫁。

「違います。ファイナリストです」

彼女が言った。隣りのダンナさんがそんな彼女を見て微笑んでいる。

コロナ禍、こんな華やかなパーティーは久しぶりだ。お料理からテーブルに飾ったお花までとても凝っている。

そう、そう、私の目の前に座っているのは、かの有名な出版社社長、ケンジョーさんだ。ケンジョーさんは、最近出版だけでなく、芸能界や実業界にものすごく顔がきいて、特にITの経営者たちにとってはカリスマ扱い。みんな「ケン兄《にい》」とか呼んでいる。昔からよーく知っていて、遊び仲間だった私にとっては驚きだ。座っていても、ひっきりなしに挨拶にやってくる。なんかすごい。

「おい、マリコ」

私のことをマリコ、なんて呼び捨てにするのはこの人ぐらい。

「Aっていいよなー」

傍らのA氏をさす。

「まだ若くて男前で億万長者だ。オレはAになりたいよ」

(私はAさんの奥さん!)

本当にそう思う。

「こんなにお金持ちでやさしいんだもの。奥さんになったらすごく幸せだよねー」

「だったら生まれ変わったら、オレたち夫婦じゃん」

沈黙。そういえば昔から、あまりにも仲がいいのでデキてると疑われた。そのたびに私はひと言。

「お互いにメン喰いなんでそんなこと絶対にない！」なかったよね。

銀座のまん中で⁉

あるニュース番組でインタビューを受けることになった。

そのため朝、ヘアメイクのアカマツちゃんが来てくれた。彼女は髪の両側に、小さなお団子をつくり、ますます〝渡辺直美〟化している。体も大きくなったみたい。

「このあいだ、ホテル行ったら、エスカレーターで降りる時、女の人から握手してくださいって頼まれました」

ケラケラ笑っていたけど。

渡辺直美さんもそうだけど、彼女もとってもおしゃれ。カラフルな洋服とヘアで、ものすごく可愛い。

そしてこういう売れっ子のヘアメイクさんからもたらされるのは、最新のおしゃれ情報である。

「マリコさん、前髪はこんな風に、二、三筋たらしてください。今、これがいちばん流行ってます」

「マリコさん、もうちょっと伸びたらウルフヘアですよ。いちばん新しいですよ」

さらにこんな話も。

「ついこのあいだ、女四人で旅行に行ったんですよ。そこには今、日本でいちばん当たる、っていう占い師さんがいるんです」

占いは私の大好物。本当？　と身を乗り出す。

「こわいぐらい当たるんですよ。私は採用するスタッフのことでちょっと相談したんですが、ズバリ当てられました」

絶対に行かなくては。しかしその街はあまりにも遠い。が、私はいいことに気づいた。再来月、近くに講演会に行くことになっている。帰りに寄れるかもしれない。

こんなお喋りをしているうちに、鏡の中の私はどんどんキレイになっていく（自社比）。そう、ヘアメイクというのは魔法使いだ。どうやったら、こんな風に目を大きくすることが出来るんだろう、といつも感嘆する。髪もものすごくいい感じ。いつも自分でブロウして、パッサパサの私だけれど、アイロンをしてもらったこの髪、ツヤツヤしている。

「だけどこの目がねぇー」

ため息をついた。

「大きな二重の目が、私の取り柄だったのに、この頃年のせいで、瞼《まぶた》が落ちてきたのよ。そうかといって、手術もしたくないし……」

「そういうマリコさんのために、最高のものを持ってきました」

パカッと仕事用のトランクを開ける。

「ヒアルロン酸がどんどん吸い込まれていく美容液です」

パウチのサンプルをくれた。

「あら、でもヒアルロン酸って、肌から吸収されないんじゃなかったっけ」

「これはすごい開発して、吸い込んでくんです。これを使ってから、あまりの効きめにびっくりです。何よりも私が証明します」

と言われても、マスクをしているのでわからない。

「とにかく朝晩塗ってください。それから水を少し飲む。するとヒアルロン酸に刺激されて、肌がふわーってふくらむんです」

そんなことってあるんだろうか。とにかく私はそれを有難くいただいた。洗面所に持っていった憶えはある。引き出しに入れた憶えも。しかし帰ってみたら、消えているではないか。

どこへいったんだ？　私のヒアルロン酸は。

そしてもっとすごい悲劇が。

次の日のことである。夕方の銀座を歩いていた。七丁目のお鮨屋さんに行くことになっているのだ。

何やらいやーな予感が。私のサンダルがちょっとおかしな感触になってきたではないか。

このサンダルは、ブランド品で、つま先が黒のレースになっている。とても可愛い。しかしもう十年以上履いている。

私の足幅で、どんどん広がっていき、かなり悲惨な状態に。もう捨ててもよかったのであるが、

「もう少しご奉公しておくれ」

と励まし続けていたのである。

ものを大事にせず、すぐに捨てる私が、どうしてこれほど長く同じ靴を履いているかというと、答えはひとつ。

「足に合う靴がないから」

サイズだけの問題ではない。足の裏がすぐに痛くなる。靴箱に靴は溢れているけれども、履けるものは数えるほど。もはやピンヒールや、つま先が細っこいものは無理。

だから私はそのサンダルを、大事に大事に履いてきたのだ。さすがに、

「もうお役ご免かなー」

と考えることもあったが、だましだまし履いていた。

その恩も忘れて、サンダルの奴、銀座のどまん中で、突然裏がパカッと剝がれてしまったのである！

「どうやって歩いたらいいのか」

目の前にヨシノヤがあった。ここで買い替えてもいいのだが、そうすると時間に遅れてしまう。

困った私は、足をひきずって七丁目まで行った。しかしお鮨屋がわからない。途中で電話をして友だちに迎えに来てもらった。

「どうしたの？　足が悪いの？　ケガしたの？」

恥ずかしくて言えない。メイクをばっちりしているだけに、ヘンな歩き方をしている私は、銀座でとても目立ったみたい。

昼食問題、クリア！

三年ぶりの海外は、炭水化物の旅であった。行ったところはオーストラリア。正直言ってそうおいしいものはない。ハンバーガーも大きいけど、中身がパサパサしている。しかしつけ合わせのポテトのおいしかったこと。

冷凍を揚げたものじゃないのがわかる。不揃いだけれども、ポテトの味といい、塩加減といい最高。

「もう一皿持ってきてくれますか」

と頼んでワインのお供にしたぐらい。

お肉や魚のつけ合わせにもたっぷりついていて、主菜は残してもこちらの方はみんな食べた。

そうしたらすっかり炭水化物グセがついた。日本料理店で何年ぶりかにラーメンを食べ、そのおいしかったことといったらない。

帰りの機内食でも和食を頼み、ご飯は残さず食べた。

あぁ、なんておいしい炭水化物。たとえデブになっても、これなくしては生きていけない……。

と気のゆるみは体型のゆるみ。帰ってからメンタルチェックに行き体重を測ったら、なんと三キロ太っていた。

「ハヤシさんは仕方ないかも」

お医者さんが慰めてくれた。

「今、ものすごいストレス抱えていて、それが過食になっているんですよ。食べたり、飲んだりがいちばん楽しいでしょ?」

確かにそのとおり。気の合った友だちと、だらだら飲んだり食べたりするほど楽しいことがあろうか……。

が、いつもどおり、リバウンドも早いが、〝反省の日〟も早めにやってくる。久しぶりにテレビに出たら、横から撮られてものすごいデブのオバさんが映っているではないか。

「テレビってああいうもんだから仕方ないわよ」

友だちは慰めてくれたがショックは大きい。

次の日から私は、まず朝食から変えようと決心した。

この〝朝食問題〟というのは、実はずっと私を悩ませていた。朝、何を食べていいのかわからないのだ。

うちの夫は、毎朝コーヒーにトースト。パンにはジャムをたっぷりつけている。私も同じものを食べたらたちまち太った。そんなわけで、ヨーグルトだけにしていたのであるが、お腹が空いてお昼まで持たない。

そうするうちに秋が近づいてきた。いろいろなところから、

「日本一おいしい」

とそれぞれが自慢する新米が届けられる。土鍋で炊き、これまた貰いものの明太子や海苔で食べたらもうとまらない。ついおかわりをしてしまう。

この時は幸せなのであるが、午前中はずっと胃が重たい感じである。

私はいったい何を食べればいいのだろうか？

このグータラな私が、スムージーなんかつくれるはずはない。野菜スープも一週間ぐらいでやめてしまった。

うちの娘は、ユーチューブに出ていたとかいう特製朝ご飯をつくっている。バナナをつぶして、オートミール、プロテインをきちんと量り、これに牛乳を加える。そして混ぜる。結構時間もかかっている。

「これ、便秘にものすごく効くよ。絶対に痩せるよ」

ということであるが、いろいろ量るのがめんどうくさい。私流にこのように改良した。オートミールに牛乳を入れ、冷蔵庫の中でひと晩ふやかす。そして朝、バナナをつぶして入れる。

これで昼まで持つ。バナナは糖質が多いけど、パンよりはいいかも。

やっと朝食が見つかったのだ。

便秘も少しよくなったような……。

しかし今度は昼食問題が待っていた。

理事長職は忙しくて忙しくて、とても外に出かける時間はない。私は秘書に何か買ってきてくれるように頼んだ。

可哀想に彼女は、毎日とても頭を悩ませている。ある日はカレー、次の日は海苔弁、また次の日はトンカツ弁当と工夫を凝らしてくれる。あそこがおいしいと噂を聞いて買いに行くこともしばしば。

私は昼間は、炭水化物を少しとることにしているので、こういうお弁当を頼み、ご飯を半分にする。

が、彼女は毎日あれこれ考えてくれるので、近所に歩いていってもらうのが申しわけないなぁと思うようになった。

「通りの向かいのコンビニのお握り一個と、ゆで玉子でいいよ」

しかしこれだけだとやはりわびしい。

そんなわけでこの頃、お弁当を持っていくようになった。たいしたものをつくるわけではない。

朝炊いたご飯にちりめんじゃこをふりかけ、昨日の残りのすき焼きを温め、そしてやはり残りものの野菜のおひたしを詰めるだけ。

果物があったらそれを持っていき、ゆっくりと食べる。
お勤めも何十年ぶりなら、お弁当も何十年ぶり。自分のつくったお弁当っていいかも。
なんかちゃんと生きている、っていう感じがする。体重もちょびっとずつ減ってきた。

おもいでセルフメンテ

ご存じのように、勤め人生活を始めた私。

毎日決まった時間に職場に行く。

というわけで、困るのはメンテナンス。フリーランスのいちばんの醍醐味《だいごみ》というのは、好きな時間に好きなことが出来ること。お芝居やコンサートは行き放題。エステだって、いつでも行けた。朝だって昼間にだってオッケー。

しかし今は土日に詰め込まなくてはならない。これが忙しいの何のって。

土曜日、まず十時から東麻布のヘッドスパ。一時半からは渋谷のソニック。低周波で顔を上げてもらうもの。三時からはサロンで髪をカット。

一日中駆けずりまわらなくてはならない。これがかなりのストレスになっているのである。次の時間に間に合うのかとか、いろいろなことを考えると、スパの最中も眠れない私。そしていろいろなことが頭に浮かぶ。

以前は白金にあったこのヘッドスパが、東麻布に移転したのはつい最近のこと。東麻布と聞いて私の心は騒いだ。なぜかというと、ここは私が若く独身の頃に住んでいたところなのである。

私はかねがね、

「女は1LDKに住み始めた頃が、恋も仕事もいちばん充実している」

と言ってきたが、まさにそのとおりの生活であった。

東麻布はあの麻布十番に近く、当時は古い家がまだいっぱい残っていた。そこにぽつぽつとしゃれたマンションが建ち始めた頃である。

今でもある、あの有名な「角井不動産」のおばさんが言った。

「まあコピーライターをしているの？　そういうギョーカイの人にぴったりの物件があるわよ」

最近出来たばかりというそのマンションは、本当に素敵だった。コンクリートとガラスで出来ていたのである。キッチンと独立したバスルームがあり、フローリングでクローゼット付。当時はインテリアの雑誌にもとりあげられたぐらい。

家賃は十五万だったと記憶している。あの頃、二十代の女性が住むところにしては破格の高さだ。

「払えるかなー」

と友人に相談したら、

「大丈夫。仕事はきっと家賃についてきてくれるから」

と言ってくれたが、そのとおりになった。私はここに住んでいる時に、初のエッセイ集

『ルンルンを買っておうちに帰ろう』を書いて、これが大ヒットしたのである。その後、アンアンのエッセイも始まった。猫を飼った。男の人も通ってくるようになった。うちでパーティーもよくした。

本当に楽しい充実した日々。しかしここはオートロックでないため、セキュリティがとても弱かった。

一階に住んでいた私は、猫を外に出すため少し窓を開けておいた。そうしたら泥棒に入られたのである。カメラや現金を少し盗まれた。

まあ、そんな思い出がいっぱいある東麻布。ヘッドスパをしてもらっている最中、私は、自分が元住んでいたあたりを訪ねてみようと決心した。

幸いわりと早く終わったので、あたりをつけてそっち方向に歩いていく。えーと、確か、ロシア大使館を下りていったこっちの方……。ビルばかりになっていて見当がつかない。でも見憶えのある公園がある……。

驚いた。

その一角だけは四十年前と全く同じだったのだ。木造のクリーニング店、仕舞屋《しもたや》、お魚屋さん。まるでタイムトリップしたような光景が。

そして角を曲がった。私が元住んでいたマンション、ここは残念なことになっていた。当時東京でも指折りのカッコいい建物といわれていた。「フォーカス」だか「フライデー」にも載ったことがある。

なぜかというと、ここに住んでいた女性タレントさんのところに、夜な夜な某有名お笑い芸人が通っていたからだ。

そんなマンションだったのに、今は洗たくものがいっぱい干されていて、生活感いっぱいになっているではないか。本当に悲しいです。

私は公園のベンチに座り、コンビニで買ってきたおいなりさんを食べた。ペットボトルの水を飲んで空を眺める。

懐かしいなあ。

アンアンのエッセイによくこの界隈のことを書いたっけ。当時はハウスマヌカンという言葉が大流行。アンアンによく登場していた。ピンクハウスかどこかのハウスマヌカンさんと話をしていて、

「うちの近くの高梨クリーニングが……」

と言ったら、彼女がえーっと叫んだ。彼女もここを使っていて、すごくご近所だったのだ。

年月はたち、私はこんなにメンテナンスをしなければいけない年齢になった。だけど仕事もあって幸せかも。若い時はよかった、なんて決して思わない。

隙間時間を使って、私は短いセンチメンタルジャーニー。そして心のリハビリもしたのである。

あぁ、何とかして！

晩秋の表参道はとても綺麗。

ケヤキの葉が色づいて、しっとりとした風景をつくる。

この通りのショップでお買物するのが、私の何よりの楽しみであった。しかし、このところは悲しい出来ごとが。

そう、あまりの円安で、ブランド品がすごいことになっているのだ。私の感覚だと三割ぐらい高くなっている。とても手が出せない。

「昔はさ、シャネルのバッグだって二十万円台で買えたんだけど、今思うと夢みたいよねー」

オバさんはついグチが出る。

「それにしても、どうして、エルメスだの、ルイ・ヴィトンの前に、あんなに長い列が出来ているの。それも若い人ばかり」

中国の人ではない。日本語で話している。

「みんな、ＩＴ関係の人じゃないの」

友人が教えてくれた。

「だけど、世の中にIT関係の会社やったり、勤めている人がこんなにいるものかしら」

本当にわからない。ぜひインタビューしたいものである。

しかしなぁ、買物をしないというのが、これほどつらいものだったとは。一ヶ月前まではしていた。

「ハヤシさん、まだ円安の影響は受けてませんよ。今のうちに」

という店員さんの言葉に従って、ハンドバッグとシューズを買っておいたのだ。それからは買う勇気が出ないのである。

何度もしつこく書くけれど、このトシになって始まった勤め人生活。勤め人というのは、毎日着ていく服を考えなくてはいけない。しかも私の場合、セットアップかジャケットに限られる。

これがどんなに大変なことか。女性誌の「一週間着まわしスタイル」の特集を見たりするが、あまり役に立たない。若くてスタイルのいい人だと、パンツにブラウス、なんてのもキマるが、こちらは体型カバーしないと。

そんなわけで、クローゼットの中をあれこれ探してみるのであるが、カジュアルなものが多過ぎる。ピンクや赤も、職場に着ていくにはちょっと……

というわけで、迷った揚げ句いつもの黒ジャケットに、黒プリーツスカート、インナーを変える、ということになる。

そんなある日、ホリキさんが理事長室に遊びに来てくれた。ホリキさんは、元アンアンの編集長で、今はフリーランスのプロデューサーだ。自他共に認めるおしゃれ番長。私が、いつも同じものばかり着てしまう、と嘆いたら、

「あら、私だってそうよ」

とのこと。でもそれで変化を出していけばいいと。

二人でお弁当を食べながら、美容やファッションのことをあれこれ話す。ホント楽しい。ちょっと前までこれが日常だったのに。

「ここんとこ忙しくて、エステにも行ってる時間ないよ」

買物は土日、好きな時に行けるけれど、エステは相手あってのこと。エステティシャンとまるで時間が合わないのだ。

「私ね、ハヤシさんにぴったりのエステ見つけてあげたよ。おたくの隣町。歩いても行けるとこ」

個人でやっているので、頼んでおけば夜の八時からでもオッケーだという。

「すごく清潔でキレイなマンションで、一人でやってるの。また彼女がものすごい美人なのよ」

なんでも、ある女優さんの妹さんだという。

私も知っている。昔、主演映画があった。

「私、彼女とグループラインつくってあげるから、さっそく行ってきなよ」

そのエステティシャンからすぐに連絡があった。本当にうちのすぐ近く。その地図を見ているうちに、ムラムラとしてきた。それは、

「エステをしてもらいたい」

という欲望。あぁ、この肩と首まわり何とかしてほしい。カサカサの肌も、

「早く、早く」

と私をせかしている。あぁ、あの至福を味わいたい。

その日のうちに私は予約をとった。もう待ちきれない。

「明日どうですか、五時半頃」

「お待ちしてます」

というわけで行ってきましたよ。マンションの一階。マスクをしていたけれど美女だとわかる大きな目は睫毛《まつげ》が濃い。

そしてベッドに横たわる。考えてみると、このところ、ヘッドスパも、顔上げてもらう低周波もみんな若い男性。どこかで緊張しているのだろう。眠ったことがない。

途中私は、自分のイビキで何度か目が覚めた。あまりの心地よさにうっとり。そう、エステは女のソープ、と言ったのは誰だっけ。他人の手で快感の限りを味わう。

ここを私のサロンと決めた。ところで来週は、アンアンの編集長の紹介で、ものすごく当たる占いへ。代々の編集長から、私はいつも情報と幸福をもらっています。

あげたり、あがったり⁉

私の職場はいただきものが多い。

お客さんが、クッキーとか和菓子を持ってきてくださる。

それは秘書課にいったん渡し、あとでおやつとして皆でいただく。

この頃は出版社との打ち合わせを理事長室でしているので、その差し入れもある。

さすがに出版社は、持ってきてくれるものが気がきいてるので、皆に喜ばれる。

「なかなか買えないクッキーです」

とか、

「予約して買うシュークリームです」

それがおやつの時間になるとまわってくる。コーヒーを飲みながらしばしの休憩。ほっとするひとときである。

私は自他共に認める「お菓子好き」の「差し入れ好き」。もともとは菓子屋の孫である。

祖母がやっていた菓子屋は、今も山梨にあってかなりの老舗。だからアンコものにもうるさいのだ。

このあいだ某スポーツ部の練習を見に行く時には、わざわざ上野のうさぎやに行き、ドラ焼きを六十個買った。とおりいっぺんのものを持っていくのは、私のプライドが許さないのだ。

ところで、これが何かと言えないのであるが、毎日ものすごい行列が出来るあるスイーツがある。たまに行くエステの近くにあるのだが、その行列は見るたびに長くなっていく。信号を越して、ずーっとずーっと続いている。

タクシーの運転手さんなども、

「いったい何の行列なんですか」

と目を丸くしている。

このスイーツであるが、私の友人はいつもお土産に持ってきてくれる。私一人じゃない。十五人の時も、二十人の時も全員に持ってきてくれる。なんでも社長にコネがあるそうだ。ゆえにこのスイーツを皆に一個ずつ配ると目を丸くする。

「どうしてこれが手に入るの？　並んだの？」

「内緒」

と。まあ、いろいろあって、私の生活は甘いものなくしては始まらない。とにかくおやつが必要なのだ。

ところが先日、クリニックに行ったらものすごくコレステロールが上がっていることがわかった。ついでに体重も上がっていた。

「ハヤシさん、甘いもの食べてませんか」

とドクター。

「洋菓子にはバターがたっぷり入っているから、ハヤシさんみたいな人は気をつけなきゃね」

ちょうど私は、自分で食べようと、クリニックに行く前に栗大福を買ったばかり。大福はアンコだからいいような気がするけれど、やっぱり糖分あるからまずいか……。

これは明日理事長室に来る、アカマツちゃんに出しましょう。

ヘアメイクのアカマツちゃんのことを、いつもネタにしているが仕方ない。彼女こそ、私に最新の美容情報をもたらしてくれる、美のミューズなのである。

この夏のこと、

「頭皮と顔をぐんぐん上げてくれる」

美顔器を勧められた。値段は高かったが、エイヤッと買い、そのまま近くのサロンに持っていった。

私は自分の性格を知り抜いている。ズボラな私がこの美顔器を毎日使うはずがない。

わが家の階段の下を見よ、「象の墓場」ならぬ「美容器・健康器具の墓場」だ。買ったものの使っていない、ウエストを細くするチェアだの、マッサージ器が積まれているのだ。

サロンは私のうちから歩いて七分。男性が一人でやっている。まあ町中の美容院。ここでしょっちゅうブロウしてもらっている。私は「美顔器キープ」をし、二千円プラスで顔と頭皮に使ってもらうようにしたのだ。

その後アカマツちゃんに、素晴らしい美容液を紹介してもらったことは、以前お話ししたと思う。特別なヒアルロン酸入りの美容液は、目の下の弛《たる》みにバッチリ効いたのである。

「マリコさんが美しくなることが、私の生き甲斐です」

彼女は言う。名だたる女優さんたちを手がけているが、あの方々はほっといても輝くように美しい。それよりもこのオバさんを何とかしてあげようという気持ちにかられるんですね。

今日も理事長室でバッチリ、ヘアメイクしてもらった。この後NHKの番組に出ることになっているのだ。

「マリコさん、痩せたいならいいトレーナー紹介します」

と言う彼女は、私と似た体型をしている。いや、私よりちょっと大きいかな……。

メイクをしてもらった後、私はトイレへ。その後アカマツちゃんも、手を洗うため洗面所へ。理事長室から小走りで出ていった彼女を見て、隣りの部屋にいた男性の若手職員たちは騒然となったという。

「理事長の影武者がいる！」

そんなに似ていたっていうことね。

とりあえずおやつはやめておきましょう。

聞かせて、もしもの私

秋の休日、A子さんと二人、待ち合わせて新幹線に乗った。どこへ行くかというと、このあいだアンアンの編集長、キタワキさんに教えてもらった占いの人のところへ行くのだ。

「ちょっと、あなた、痩せたんじゃないの？」

会うなり私は叫んだ。

その日の彼女は、白シャツにベージュのジャケット、そしてプリント柄のパンツという いでたち。プリント柄のパンツなんて、痩せてないと絶対に着られないもの。

「そうなのよ。六キロも痩せちゃった」

と嬉しそう。

「人に紹介してもらって、痩せるクリニックに行ってるの。そこで飲むクスリが効いてるんだと思うわ」

「それ、知ってる！」

共通の友人から勧められた、ちょっと強い食欲減退するクスリだ。私はコワいので、そのクリニックは遠慮することにした。

「そういうクスリ飲むぐらいなら、私、デブのまんまでいい」

と言ったら、

「だからアンタはダメなんだ」

と怒られてしまった。

しかし今日のA子さんを見ていたら、やっぱりスリムなのはいいなーと思ってしまう。シャツにパンツというシンプルなものでもばっちりキマるのだ。

新幹線に乗ってうとうとしながら、私はいろんなことを考える。

占いの人にいちばん見てもらいたいのは仕事のことだけれど、もしも、もしもですよ、

「ハヤシさん、あなたの前に恋人となる、ステキな男性が現れます」

と言われたらどうしよう。もうそんなことは起こるはずもないが、人生、万が一っていうこともある。

「えー、私、もうトシだし、恋愛なんて無理ですよ。今あるとしたら、ハニートラップとしか思えません」

「いいえ、あなたは強烈な恋に落ちるはずです」

なんて会話があったりして。

思えば若い時、あれほど占いが好きだったのは、恋や結婚のことを知りたかったから。世界中、いろいろなところで見てもらった。

懐かしいなあ……。スペインでジプシーの人に見てもらったり、ロンドンで超有名な霊能者のところにも行った。が、今の私が知りたいのはそんなことじゃない。仕事のことや人間関係。なんかさみしいですね。

そして私たちが降りたのは、新幹線のとある駅。歩いてすぐ、おめあてのマンションへ。二時から一時間ずつ、二人が見てもらうことになっているのだ。ところが通された部屋は小さくて、鑑定してもらう部屋と待っているところはついたてがあるだけ。

「マリコさん、じゃあ、私、駅前のホテルのコーヒーハウスで待っているから」

A子さんが順序を譲ってくれた。

椅子に座る。ごくふつうの中年の女性だ。私はおどろおどろしい格好をした占いの人や、それっぽいもので飾り立てた部屋とかが信用出来ない。が、そこにあるのは、四柱推命の本だけだ。

私は生年月日を紙に書いた。

「でも私、本当は四月一日生まれじゃないみたいなんです」

キリがいいから四月一日にして、本当は三月三十日という説もある。母親に聞いても、

「そんな昔のこと憶えていない」

と全く気にかけてくれなかった。ひどい。私がこんなに占い好きになるということを考えてくれなかったんだろうか。

しかしその占いの女性は断言してくれた。

「ハヤシさんはきっと、三月三十日です。性格がぴったり合いますから」

ということであった。

その女性にいろんな相談をした。

「頑張ればきっと成果が出る」

という言葉に励まされる。恋人の話はついに出なかったけれど。

やがて話し終わったら、四十分。一時間にはまだあるけれど、A子さんと交代することにした。

ホテルのコーヒーハウスに行こうとしたのであるが、天気もいいしそこいらをぶらぶら。一時間経過。

「駅の構内で待っている」

とメールをして、ベンチに座って本を読むことにした。時計を見る。さらに三十分経過。このあと京都まで行き、夕ご飯を食べることになっているのに間に合うんだろうか。ちょっと焦る。

電話をして、やっと彼女が戻ってきた。

「ごめん、ごめん。私のうちって家族が多いから、一人一人見てもらったら遅くなって」

そういえば彼女、子連れの男性と結婚してその後自分の子どもが二人、全部で六人ぐらいいるかも。

私は彼女の結婚式の写真を思い出した。

優秀なキャリアウーマンだったのに、すごい年上の男性と恋に落ち、周囲の反対押しきって授かり婚。既にドラマティックに生きている人。何を占ってもらったんだろう。子どものことだけかな。本当かな。痩せてこんなにキレイだし。

エンタメざんまい!?

コロナの感染者は増えてきたというものの、

「もう気にしないことにしませんか？　どうですか？」

ということでまとまりつつあるような気がする。

そのため、エンタメ関係がとても盛んになってきた。この秋最大のビッグイベントとしては、なんといっても團十郎襲名であろう。彼は歌舞伎を見たことがない人も、顔と名前を知っているスーパースター。そのイケメンぶりといったらない。いや、イケメンという言葉は似合わないだろう。〝美男〟とか〝男前〟といった昔の言葉が似合う男性。

初日に〝助六〟を見に行ったけれども、まあ、その美しいことといったらない。

「水もしたたる……」

というのはこういうことを言うんだ。

しかし残念なのは、初日ということもあって、若い観客があまりいなかったこと。ちょっと前まで「歌舞伎女子」という言葉があって、アンアンをはじめとする女性誌でもよく特集を組んでいたのに本当に残念だ。初日じゃなくても歌舞伎座は中高年ばかり。

歌舞伎は見始めると本当に面白いし、若い時から見始めると、その役者さんの成長を見守ることになる。

私は新團十郎さんが高校生の時から注目していて、彼の「初助六」も「初鏡獅子」もみんな見ている。これからの人だったら、ぜひ染五郎さんや團子さんなんかをウォッチングしてください。

さて、歌舞伎も見るけどお芝居も大好きな私。ストレートプレイも、いわゆる商業演劇も見る。ついこのあいだは、三谷幸喜さんの脚本で、草彅《くさなぎ》クンと香取クンの二人芝居を見に行った。二人芝居は一人芝居よりむずかしいかも。二人の間《ま》がぴったり合わないと、お芝居がガタガタになってしまう。

が、二人はさすがの演技力で、途中からどんどんテンションを高めていく。観客はみな大興奮。

一方このところ忙しいこともあり、コンサートにはほとんど行っていない私。特にドームでやるものからは足が遠ざかっている。

なぜならみんなと一緒に、立ち上がってふりをつけるのが好きじゃない。トシのせいだろうと言う人がいるかもしれないけれど、昔から苦手だった。

私のように自意識過剰な人間は、一緒に手拍子したり、立ってリズムにのって踊ったりするのがホントに恥ずかしいの。

だからたまに代々木やドームの関係者席に座るとホッとする。あそこは年齢層が高いのでまず立ち上がらない。一角だけシーンとしている。それが関係者のプライドだとでもいうように。

「ボクらはあそこをシルバーシートと呼んでますよ」

とシンガーの一人にバカにされたこともあったっけ。

さて昨日のこと、大ホールでの某歌手のコンサートに行ったと思っていただきたい。名前はあえて言いません。

その日私は、すごく疲れていた。前の日、遅くまで書きものの仕事をしていたうえに、朝は六時起きでヘアメイクさんに来てもらっていた。九時から対談の仕事があるのだ。

モノクロの雑誌だと、自分で化粧をするのであるが、秘書Aが、

「ハヤシさん、同時にしばらくネットで流すみたいですよ。ちゃんとヘアメイクした方がいいですよ」

と頼んでくれたからだ。本当に大変です。

ドライヤーをかけてもらいながら、うつらうつらするほど私は疲れていた。だから友人に告げた。

「私、たぶん居眠りすると思うけどごめんね」

ロック系ではなく、歌唱力を誇るバラード系の方。たぶん眠るはず。たぶんね……。

暗くて広いホール、おまけに両脇は友人という、眠るには最適なポジション。

素敵な歌声が流れる。

「なんてキレイな声……」

気づいたら休憩になっていた。

「ねえ、どうして三曲ぐらいで休憩するの。早くない？」

「なに言ってるのよ」

友人は笑う。

「あなた、すぐにオチちゃったじゃないの」

お恥ずかしい。しかしこういう時、マスクは本当に便利。うつむいていても、眠っているかどうかは気づかれない。

気づかれない、といえば、私の前の列は華やかな芸能人の何人かが座っていたが、ああいう方々はすぐに発見されるみたい。幕が上がる前からまわりのお客さんが騒ぎ出していた。

三分の一は寝てしまったコンサートであるが、アンコールが素晴らしくて大満足。思わず泣いてしまったぐらいだから帳尻は合っていると思う。

「よかったよねー。サイコーだよね」

と皆の会話に加わることも出来た。

その後はタクシーで青山のイタリアンへ。そう、コンサートとお食事というのはワンセットになっているもの。赤ワインに生ハム、パスタという高カロリーのものも構わない、という心の昂《たかぶ》り。私は本当にエンタメが大好きなんだとしみじみ思う。

洋服レボリューション！

いつも行くショップからLINEがあった。

「ハヤシさん、二十五日から円安のため価格変更します。ですから二十四日までにいらしてくださいね」

急いで行かなくては、と思うものの忙しくてまだそのまんま。

そしてもう一つの理由は、私があまりにも膨大な量の洋服を持っていることを知ったからだ。

今まで私は何度も書いてきた。

こんなに洋服を買っているのに、どうしていつも同じような格好をしているのか。

どうしておしゃれになれないんだろうか。

理由はわかっている。たくさん服を買うものの、居職（うちで仕事をする人のことですね）は外出が限られている。きちんとした格好をしていくところも少ない。取材や対談の時は、スーツやジャケットを着るが、あとはうちでラクチンな格好。

冬だったらニットなんかが多い。が、ここで不思議な心理が働く。うちにいる時、ブラ

郵便はがき

料金受取人払郵便

銀 座 局 承 認
4373

差出有効期間
2024年3月31日
まで
※切手を貼らずに
お出しください

1 0 4 - 8 7 9 0

6 2 7

東京都中央区銀座3-13-10

マガジンハウス
書籍編集部
愛読者係 行

ご住所	〒			
フリガナ			性別	男 ・ 女
お名前			年齢	歳
ご職業	1. 会社員(職種) 3. 公務員(職種) 5. 主婦	2. 自営業(職種) 4. 学生(中 高 高専 大学 専門) 6. その他( )		
電話		Eメール アドレス		

この度はご購読ありがとうございます。今後の出版物の参考とさせていただきますので、裏面のアンケートにお答えください。**抽選で毎月10名様に図書カード(1000円分)をお送りします。**当選の発表は発送をもって代えさせていただきます。

ご記入いただいたご住所、お名前、Eメールアドレスなどは書籍企画の参考、企画用アンケートの依頼、および商品情報の案内の目的にのみ使用するものとします。また、本書へのご感想に関しては、広告などに文面を掲載させていただく場合がございます。

❶お買い求めいただいた本のタイトル。

❷本書をお読みになった感想、よかったところを教えてください。

❸本書をお買い求めいただいた理由は何ですか？

●書店で見つけて　●知り合いから聞いて　●インターネットで見て
●新聞、雑誌広告を見て（新聞、雑誌名＝　　　　　　　　　　）
●その他（　　　　　　　　　　）

❹こんな本があったら絶対買うという本はどんなものでしょう？

❺最近読んでよかった本のタイトルを教えてください。

ご協力ありがとうございました。

ンドもののニットやスカートはもったいない、ということで、ファストファッションを買う。するとそればっかり着る。素敵なカーディガンなんかも、着ないままになるばかり。

こうしている間に、私はその服のことを忘れてしまう。そしていつしかそれらのものは、クローゼットの露《つゆ》と化してしまうのだ。

しかし、しつこいようであるが、何十年ぶりかの勤め人生活。勤め人というのは、毎日着ていくものを考えていかなくてはならない。こうして私は取っかえひっかえ、あれこれ着て、コーディネイトを考えるようになった。これははっきりと言える。

〝洋服レボリューション〟

失敗も何度かした。このあいだはワイズのノーカラージャケットに、PRADAのスカートを組み合わせたらケンカが始まった。時間がたつにつれ、相性が悪いことがわかる。

おしゃれ番長のホリキさんと久しぶりに会って、このことを言ったら、

「そうよー、私もコーディネイトが気に食わない時は、一日中気分悪いもの」

ホリキさんでもそんな日があるんだ。

「特に私が気になるのは靴ね。今日は靴がきまらないと思うと、うちに帰りたくなる」

私はもう靴のことはあきらめてる。最近、足の幅が急に大きくなり、ヒールは全滅。フラットシューズばかり履いている。

かつては、

「ハヤシさんの靴はいつも可愛い」

と言われたのが自慢だったのに。

といっても靴は別として、この頃の私は毎日着ていくものをすごく考える。そして脱いだものを散らかしたりはしない。ハンガーにかけ、しかるべきところにおさめる。あたり前じゃん、と言われそうであるが、これも私にとって画期的な出来ごと。いつもだと脱いだものが層になり、崩れ、やがて私の記憶から消えていく……。

そんなある日、私はあるスタイリストさんのエッセイを読んだ。

「ニットやブラウスは、胸の前で大切に大切に折って畳んでいきます。こうすることによって、その服の記憶を胸に刻んでいきます」

なんていい言葉でしょう。

そう、ニットはシワにならないからと、裏返しにしたままそこいらに積んでいた私から、いろんなものが去っていったんだ。

そして春には、あまり着なかったたくさんのニット類をクリーニングに出した。それが返ってきて、二つの紙袋に入れておいた。

このあいだ寒くなって取り出してみるとすごい量だ。びっくりするぐらいある。

考えてみると、そもそも私はニットが好きなんだ。それもうんと可愛いものが。

ドラマ「ｓｉｌｅｎｔ」の川口春奈ちゃんを見ていると、いつも可愛いニットを着ている。嬉しいのはモチーフの入ったニットを着ていたこと。

私も同じようなものを持っている。某人気ブランドのもので、白に赤のモチーフ一枚一

枚が手編みで、ものすごーく高かった。ニットなのにコートぐらいした。それなのに何人かから、

「コタツのカバーみたい」

と言われて、なんだか着るのがイヤになってしまったものも出てきた。今年はこれをどうしよう。

メルカリに出すのも手間がかかるし、可愛がってる姪っ子にあげようかな。ものすごく喜んでくれるしな。しかし彼女はつい最近転職して、外資のＩＴ企業に入った。そしたら年収が、一・五倍になったんだと。もう伯母ちゃんのお古なんかいらないかもしれない……。

まあ、うちにいる時に着ることにしよう。

居職の友人は言ったものだ。

「うちにいる時間が、私たちはすごく長いんだもの。うんといい素材の高いものを着ないとね」

が、私の場合は、よくベッドに寝っころがったりするので、すぐニットはヘタる。重いローラーでひかれているようなもの。だから私は本持って寝ころがる前に、ＺＡＲＡに着がえる。こういうのって貧乏性っていうんですね。

貧乏性の女は、絶対におしゃれになれない。そんなことよーく知ってるけど。

わが子はイケメン？

日本がドイツに逆転勝利したワールドカップ。

あの日以来、他の国の試合も見るようになり、すっかり寝不足になってしまった私。昼間はぼーっとすることもある。

以前なら、昼間でもベッドかソファでうたた寝することが出来たのであるが、現在は勤め人の私。マスクのかげであくびしながらも、一生懸命働いてます。

そして夕方は、たいてい会食が待っているという、結構ハードなスケジュール。

コロナの感染者数は増えているのであるが、私のまわりでは、

「もうあんまり気にしないことにしませんか？」

という空気が強くなってきた。出版関係のパーティーも、人数は絞ってであるがふつうに行われるようになった。

昨夜は私が選考委員をしている、ある文学賞の授賞式。人気作家もいっぱい来て、とても華やかな雰囲気である。あちらこちらでいろんな輪が出来、

「やっぱりパーティーがあるといいですね」

みんな口々に言う。

ここには三十分ぐらいいて、近くのホテルのお鮨屋さんでご飯。女性編集者三人と、キャッキャッと夕ご飯。実はこのうちの二人とは、ここに来るまで名前も知らなかった。最近、仕事のパートナーともいえる編集者の新陳代謝が激しい。エラくなって現場を離れたり、定年退職したりする。若い人が新しく担当になってくれるのであるが、マスクをしていることもあり名前と顔を憶えられない。

が、ご飯はとても楽しかった。歌舞伎やらジャニーズの今後、人気ドラマなど、キャッキャッと会話は進む。そして途中、

「ものすごいイケメンの息子を持ったら、母親としてどうしたらいいか」

という話が切り出された。ちなみにその話を始めた彼女は独身である。

「そういえば、人気俳優のYさんは、お母さんがオーディションに応募したって聞いたことがある。あんなに美しい息子を持ったら母親はそんな気持ちになるよね」

と私はあれこれ想像する。

「もし私がめちゃくちゃイケメンの息子を持ったら、学校は絶対に暁星に入れるなー」

ミッションの名門で男子校、ここの制服は本当に素敵だ。

「暁星いいですねー」

みんなも賛成してくれた。

「慶應だと途中で女の子に寄ってこられそう」

「だけどスカウト問題どうしますか。中学生の時に、声かけられたら。芸能界に入れますか？」

「ふうーむ」

皆で考え込んでしまった。

「ジャニーズだったら、やっぱりやらせてみたい」

「モデルというのもありかも」

あまりにも皆が真剣なので、つい私は口をはさんだ。

「息子を持っている人、誰もいないのに、こんな議論不毛じゃん」

「ハヤシさん、こういうことは〝イフ〟だから楽しいんじゃないですか」

本当にそうですね。野暮なことを言ってすみません。でも彼女たちとはものすごく気が合いそう。

そして今日は、都心のあるレストランへ。大きな複合施設の中にあるのだが、とてもわかりづらい。入り口のところには、案内の人が立っていてくれた。

今いちばん予約が取りづらい、というそのレストランは、入ったところが図書室みたいなウェイティングルームになっている。時間に全員が揃うと、大きなドアが開いた。そこは真っ白な広い空間になっていて、半円のテーブルも白、椅子も白。

半円の内側が調理場で、これまた若くてイケメンのシェフが、五、六人、目の前で料理をつくってくれる。

そして両側の壁では、次々と映像が映し出される。一皿ごとのイメージと音楽だと。客席はたったの八つ。予約は来年のかなり先まで取れないそうだ。

今、東京のレストランはすごいことになっている。いろんな店が枝分かれして、その店がすぐに、「予約困難になるのだ。おまけに値段を前の勤め先と同じかさらに高くしている。

このあいだ誘われて、銀座に新しく出来たお鮨屋さんに出かけた。まだ若い店長、驚いた。私が時々行くお鮨屋の二番手だった。ワリカンで払ったら、そのお店と同じぐらいの価格。かなり強気の独立だが、みんな成功しているみたい。

今日の白いレストランにしても、私が以前よく行っていたフレンチからの独立だ。

コロナの間、みんなの楽しみは食べることだけであった。私もそう。その間に、つぶれた店もあったが、新しく出来たお店もいっぱい。彼らは勤めていた時代、自分の「理想のレストラン」を夢みていて、それを今、実行に移してるんだ。応援したいけど、やっぱり高い。それにしても世の中、どうしてお金持ちがこんなにいっぱいいるのだ。しかも若いヒト。

パーティーのテッパン

華やかな年末が、ようやく戻ってきたという感じ。

今日は同じホテルで、二つの忘年会をハシゴした。自分で言うのもナンだけど、人気者の私はどこに行っても大歓迎。マスクしてても、皆とハグしたり、一緒に写真を撮ったりする。が、お洋服がジミなのが、ちょっと残念。大学の理事長になる前は、もっとカジュアルなおしゃれが出来たのであるが、ここのところずっとジャケットかスーツ。それも黒っぽいものが多い。

私はジル サンダーの黒のジャケットを七着ぐらい持っている。それをとっかえひっかえ着ているのであるが、どうも同じように見えるらしい。

「昨日のとまるで材質が違うんだけどわかる？」

と秘書Bに聞いたら、

「わかりません」

だと、がっかり。

せめてグレイのジャケットで変化をつけようと、色々と組み合わせる。そしてクローゼットの奥から、スカートも総動員させる。

だが気づいた。二年前のスカートというのはかなり短い、ということに。どこのブランドも膝のすぐ下ぐらい。私はＰＲＡＤＡのスカートに、よくタイツを組み合わせていたのであるが、ニットならすごく可愛い。が、ジャケットを組み合わせると、バランスが今ひとつだ。

何枚というスカート、いったいどうしたらいいんだろう。

仲よしのファッション誌の人は、

「冬からミニが流行ってますよ。ロングブーツと合わせるんです」

と教えてくれたけど、そんなものを私が着られるわけないでしょう。

そんなある日、素敵なお誘いがあった。いつも行くブランドの担当者から、

「ハヤシさん、うちのデザイナーの○○○が来日します。それで着席式のディナーパーティーをしますが、ぜひいらしていただけませんか」

懐かしいなあ。デザイナーの来日パーティーなんて。何年か前までは、すごくお派手なイベントがよくあったのであるが、日本の国力も衰え、私の買物能力や発信力も弱まったら、とんとなくなってしまった。それが久しぶりのディナーパーティー。

しかし私はつぶやいた。

「着ていくものがない」

「ハヤシさん、よく着てるロングドレスがあるじゃないですか」

秘書A。

「何言ってるのよ、あれは別のブランド。パーティーに呼ばれたら、そこの最新のドレスを着るのが、マナーっていうか常識なの」

「えー、そうなんですか」

芸能人だと貸し出してくれたり、プレゼントしてくれたりするらしいけれど、私にはそんなことはありません。

「じゃ、どんなドレスがあるか見てみますね」

スマホで探してくれた。が、どれも目をむくような値段。

「えー、ウソでしょ」

私は叫んだ。円安もあって、ものすごい値上がりなのである。

だったらパーティーに行かなくてもいいのであるが、この頃、黒いものを毎日着て出勤。たまにはうーんとおしゃれをして、そういうところに行ってみたい。芸能人にも会いたい。

私は誘ってくれた担当者にメールをうった。

「私に合うドレスありますか?」

ふつうなら、

「私に似合う」

とするところであるが、合うサイズがあるか、と聞くところが悲しい。そうしたらすか

さず、

「もちろんです」

という返事がきた。近いうちに行かなくては。

ところでうちの秘書Aは、昨年まで某大手航空会社でCAをしていた。だから〝夜会巻き〟が出来る。くるっと巻いてピンでとめるあれですね。彼女がそのヘアスタイルをすると、ものすごい美人に見える。目もきりっと上がる。

「ものすごくカンタンです」

と言うが、私には出来ないだろう。が、あの夜会巻きにロングドレスというのはテッパン。ぜひ一度は試してみたいものだ。

私は、この二年ぐらい前から「マリコとオペラ」というコンサートに出演している。ソプラノとテノール歌手の方が名曲アリアを歌い、私がお喋りをするというもの。おかげさまでとても評判がよく、時々日本各地のホールに出かける。

とても楽しいお仕事なのであるが、困るのは、舞台用の衣装が必要なこと。歌手が主役なので、主に黒を着る。ロングスカートやシルクのブラウス。ギャラの半分ぐらいは衣装代に消えることも。

「だったらアレを着ればいいじゃないですか」

秘書A。それがすべて違うブランドなの。

これ、ください！

とある高級ブランドから、ディナーパーティーに招待された私。

しかし着ていくものに困っている、というのを先週書いたと思う。

担当の人（男性）に、

「私に合うものありますか」

と尋ねたところ、

「もちろん」

という返事。さっそく買いに行こうと地元の駅を歩いていたら、改札口で近所の奥さんとばったり出会った。

「どこに行くの？」

「○○にお買物」

「私も行きたい！」

「いいよ。一緒に行こう」

ということで二人電車に乗る。

お店ではドレスを靴やバッグとコーディネイトして待っていてくれた。

とても素敵なブラックドレス。ネックのところに羽根がついている。いつもの私のサイズだし、大丈夫、と思ったところ、まるで入らないではないか。きつい、というレベルでなく、背中のファスナーがVサインを描き上に進まない。

「これ、生地が伸びないいんだもん」

文句を言って脱ぎ、私は青ざめた。床に羽根が一本落ちているではないか。どうしよう。

「大丈夫です、直しますから」

と言ってくれたけど、すみませんねぇ……。

次にチャレンジしたのは、やはりブラックドレス。胸のところにパールがついている。

「こちらの生地の方が伸びますから」

と言われたけど、これもまるっきり背中のファスナーが上がらない。

近所の奥さんにフィッティングルームに入ってもらい、上げてもらったのであるが、あまりにも力を入れたんだろう、

「あ、壊れちゃった」

なんとファスナーが、途中で食い込んでしまったのである。全く動かない。脱ぐに脱げない。私はフィッティングルームの中で焦りに焦った。

こういうつらさ、アクシデントによるドキドキは、デブじゃないとわからないと思う。それならもっと痩せればいいじゃないかと言われそうであるが、こちらにもいろんな都合

があって……。

それにしてもどうしよう。私は背中がぱっくり割れたまま、フィッティングルームから出られない。

すると近所の奥さんが声をかけてくれた。

「いま、女性のテイラーさんに来てもらいますからね」

こういうお店だと、中に洋裁をやる人がいるのだ。すぐに駆けつけてくれたのはいいんだけど、彼女も絶句。

「まあ、どうしましょう」

力を込めてファスナーをはがしてくれた。だけどどうしたらいいのだ。直すといっても、売りものの高いドレスを壊してしまった。何か買わないわけにはいかないでしょう。

「ハヤシさん、もうちょっと何か探してみます」

担当者がエレベーターで降りていった後、私はあたりを見わたした。素敵なものがいっぱいだが、どれも細っこい。

そして私は見つけた。フィッティングルームの前、ハンガーにかかった何枚かを。その中に総ラメのジャケットがあった。試しに着てみる。ぴったりじゃないの。まるでミラーボールみたいにキラキラしているけれど、やはり高級なブランドのものだけあって品がいい。ショート丈で可愛い。

しかも私にぴったりのサイズなのだ。というよりも、着られたのである。

担当者は、戻ってきたら私がちゃっかりそのジャケットを着て座っていたのでびっくりしていた。

「ハヤシさん、それお似合いですね」

「本当、すごくいい」

近所の奥さんも言ってくれる。

「おいくらですか」

「これは高いと思いますよ。日本に二枚しか入ってません」

値段を聞いてのけぞった。とても洋服の値段ではない。が、私の頭の中には、今、ベストセラー街道バク進中の著書のことが。

もう十万冊売れている。印税で買えないことはない。

「これ、ください！」

担当者はすかさず言う。

「バッグと靴はどうなさいますか」

「バッグを買う余裕はありません。靴もおたくのあるもので間に合わせます」

「だけどハヤシさん、このラメにはやはりこのバッグが合いますよ」

「そりゃ、そうかもしれないけど」

そんなお金ないし……。その時だ。

「マリコさん、私がこのバッグ買うわ。そして貸してあげる」

近所の奥さんが言うではないか。

「そりゃダメだよ。人の新品なんか使えないよ」

「私、あさってのパーティーまで、使い倒しとくから。だからマリコさん、使って頂戴」

友情っていいですよね。私はそのバッグを持ってお出かけ。写真をさっそく送った。

「ありがとう。行ってきます」

きっとパーティーの華になるわ。

お手入れ大成功！

冬の一日、仲のいい年下の女友だちと京都へ。

久しぶりに着物を買うためである。

大学の理事長になり、毎日職場に向かう生活。着物を着る機会はめっきり減った。

ついこのあいだも、新團十郎さんの襲名披露を歌舞伎座に見に行ったのだが、その時も仕事帰りのスーツであった。本当は着物で行きたいのに本当に残念だ。

しかし、と私は考える。

大学というところは卒業式と入学式がある。だったらやっぱり着物でしょう。しかも最も格式高い色留。結婚式に着る黒留のカラー版と思っていただきたい。

着ていくところが限られているので、とても贅沢なものだ。私は大昔、弟の結婚式の時に一枚つくり、その後、二枚つくった。そのうち一枚は、即位の礼のためにつくったもの。とてもお上品であるが、ちょっと地味かも。

こうなったからには新調しようと、京都の呉服屋さんにやってきたのだ。いろいろ見せ

てもらい、青い色のとても素敵な色留に決めた。

おべべを買うのは久しぶり。これほど気持ちが昂ぶるものはない。なにしろ値段が値段なので、買ったもののドキドキする。

「払えなかったらどうしよう」

という不安といつも紙一重。

興奮した状態のまま、アンディ・ウォーホル展に。ここは写真オッケーなので、バシバシ撮る。

そして着物小物をざっと見て、夜は八坂神社近くのお料理屋さんへ。アラカルトで食べられ、とてもおいしくリーズナブル。最近とても気に入っているお店だ。

「ああ、楽しかったねー。京都また日帰りで来ようね」

と新幹線の中で二人約束し合った。

着物の話をしたついでに、今週はラグジュアリーに、ジュエリーの話を。

何度も書いているが、私は貴金属にそう興味があるというわけではない。持っているものも、ジュエリーというよりアクセサリーと呼んだ方がいいようなものばかり。

だがこんな私でも、すごいダイヤのネックレスを持っている。これは二十四年前、「ダイヤモンド・パーソナリティ賞」というものに選ばれた時の賞品。その年にいちばん輝いた女性に贈られるものだ。

ニットにもつけられるように、ごくシンプルな形にしてもらった。それでもダイヤがびっしりY字型になっていてすごいもの。あまりにもゴージャスなため、この二十四年間ほとんどつけなかった。

が、高嶋ちさ子さんはテレビで言っている。

「高いものほどすぐに使いましょう」

だから私は、そのダイヤをふだんにもつけることにした。ちょっとしたワンピースに合わせていくと、みなに誉《ほ》められる。

しかし大きな問題が。どうしたわけか、このネックレス、ストッパーがついていないのだ。しょっちゅう貴金属をなくしたり、落としたりする私としては不安で仕方ない。ついこのあいだも、カルティエの小さいデザインのタンクを、タクシーの中に落としたばかりなのだ。

ストッパーをつけたい。と思うものの、どこに持っていっていいかわからない。

悶々としていた私は、ある日老舗ホテルのアーケードで見つけた。

「アクセサリー、ジュエリーお直しします」

中をのぞくと老年の職人さんが一人、コツコツと作業している。

「ここなら依頼出来そう」

秘書に持っていってもらった。そうしたら二万四千円で、ちゃんとストッパーをつけてくれたのだ。綺麗に仕上がっている。

嬉しくて仕方ない。こうなったら別のアクセサリーも持っていこう。

四十年前、初めてパリに行った私は、ディオールの店でペンダントを買った。小さな時計がついた、それはそれは素敵なもの。しかしチェーンが壊れたまま、三十年そのままにしている。もし直ったら、アンティークとして活躍してくれそう。

これも持っていったら、綺麗に直してくれた。八千円かかったが、時計も動くようになった。

これをシャネルのロングネックレスと合わせることにした。ブラウスにつけたらすごくいい感じ。

朝、車に乗ったら、秘書が、

「ハヤシさん、忘れもの」

と声をかけた。身をのりだすと、ロングネックレスが後部座席のアームにひっかかった。立ち上がるとパチーン。これ、何回めだろう。

「またあの店に持っていきますね」

というものの秘書は呆《あき》れ顔。かなりしょげてしまったが、ディオールのペンダントは胸に輝いている。四十年の歳月をへて、あの時のパリの風景が甦る。これからはもっとつけてあげる。そう、高価なものは、使い倒さないとね。

わかっちゃいるけど…

二〇二二年は、とにかく忙しいにつきる。

毎日朝になったら出かける、という勤め人生活に加え、夜は毎晩のように会食というスケジュール。本来の原稿書きの仕事もあり、その他に日本文藝家協会やエンジン01の活動も盛りだくさん。

自然とうちの中のことがおろそかになり、夫の不機嫌マックス。それを右から左に流し、無視する、というのも体力、気力がいるものである。

大学の理事長になってからは、大好きなお芝居やコンサートにもなかなか行けなくなった。ツラかったのは、週末にメンテナンスとエンタメ、どちらをとるかという選択を迫られたこと。

フリーランスだった時は、平日の昼間にエステやヘッドスパに行くことが出来た。しかし今は土、日にしか予約を入れられない。

前にも話したと思うが、これがまた大変。

「朝の十時半からソニックマシーンで顔アップ。移動して二時からヘッドスパ」

なんていうのはやっているると、それだけでストレスになる。よってもうエンタメ優先にした。土日はオペラや宝塚を見に行く。

「顔が弛んだって仕方ない」

と居直ったら、本当に弛んできた。

とほほ〜。

食生活もよくなかった、と反省している。

お昼ご飯は、たいてい秘書が他の人の分もまとめて買ってくれる。とんかつ弁当とか、ちらし鮨（安い店の）とか、サンドイッチとか、糖質いっぱい。そして昼間にはおやつに、いただきもののお菓子を頬ばる。

こういう生活をしていくうち、お腹のあたりに肉がついていくのがはっきりわかる。ファスナーが上がらない。ジャケットがもっさりしてくる、ということに。

しかし私は昔から何度も言っている。

ダイエットをやるのには、お金と時間が必要なのだ。

こんなに忙しければ、とてもではないが、食事や運動に気を遣うひまがない。とにかく手早く食べて、車をガンガン使って目的地に行く。

そんな時にヘアメイクのアカマツちゃんが私にささやいたのである。

「マリコさん、私、すごく痩せる方法を手に入れました」

考え抜かれた特別なヨガにより、体の筋肉をつくり、内部からじわじわとスリムになっていくのだという。

「ものすごくいいですよ。だけど、一回四時間かかりますけどいいですか。忙しいマリコさんには無理ですかね」

話によると、夜の六時半から始まり十時半までかかるそうだ。

「確かに長いけど仕方ないよ。痩せるためには、いつだって何だってやる私。ただし飽きるのも早いけどさ、それまではちゃんとやるよ」

それから、とアカマツちゃんは声をひそめた。

「ここのスタジオはとても狭くて、七人しか入らないんです。先生もこれ以上増やしたくないって。マリコさんは、私の枠で入会出来るけど、他の人には言わないでくださいね。特にアンアンに書いたりしないでくださいね」

「もちろん、そんなことするはずないじゃない」

というものの、そのヨガがとても楽しいのと、ネタがないのとで、こうして書かせていただいている。

が、ここのところ忘年会がびっしり。とても通うことが出来ない。これ以上行けなくなったら、メンバーからはずされてしまう。どうしよう……。

ところで話が全く変わるようであるが、今日はエンジンの用事で四国高松へ。ワダヒデキ先生と、事務局の人が一緒である。

高松といえばうどん。高松のある香川はうどん県。地元の人が、倉庫を改装したディープなお店に連れていってくれた。作業服のお兄さんに混じり行列に並ぶ。うまく注文出来るかドキドキ。

一玉のかけうどんをもらい、ずらーっと並んでいる中からかき揚げと、カボチャの天ぷらをいただいた。後から揚げたてのチクワ天を追加。そのおいしいことといったらない。糖質プラス油は最強の組み合わせですね。

暮れの忙しい時に、一日だけの出張。心は癒やされ肉はつく。これが私の二〇二二年締めくくり。毎年ですかね……。

春の努力

みんなの力で

一年に何度か、私らデブの、ダイエットのモチベーションを上げてくれる番組がある。

それは言わずと知れた、日本テレビの「ザ!世界仰天ニュース」でやる「仰天チェンジ」だ。

太っているレベルがすごい。九十キロとか百キロの人が出てくる。

そしてみんな四十キロとか痩せて、すっかり別人になるのだ。

そういう人を選ぶのであろうが、男性はかなりのイケメン、女性はアイドルみたいなカワイイコになる。

あれを見て、

「よーし、私も頑張ろう」

と天に向かって叫ぶ人たちは、かなりの数になるに違いない。

私もその一人である。もう太っていることがイヤでイヤでたまらなくなったのだ。

きっかけは暮れにクローゼットを整理したこと。出てくる、出てくる、ブランド品の数々。

中には、

「本当に私は、これを着ていたのだろうか」

と思うサイズのものもある。

一応着てみる。前のボタンがかからない。ファスナーが上がらない。こういうものはダンボールに入れ、田舎に住む弟の奥さんに送ることにしている。

しかし中には惜しいものもいっぱい。セリーヌのピンクベージュのジャケット。光沢ある生地がとてもいいのであるが、オーバーサイズタイプのため、とても太ってみえる。が、カッコいい人が着たら、ものすごくサマになるに違いない。

メルカリに出そうか、いやいや、表参道のユーズドショップに持っていけば高く売れそう……、とあれこれ考え、最後は、

「エイ、ヤッ」

とダンボールに入れる私である。売る手間が惜しいのだ。

そんな思いきりのいい私であるが、どうしてもとっておくものがある。たとえば二十数年前、ミラノで買ったヴァレンティノのワンピ。黒地にビーズで小さな花がいっぱい刺繍されている。これをヴィンテージっぽく着たらどんなに可愛いだろう。

それから裾に小さな貝ががいっぱいついているPRADAのスカート。

こういうものはいつも私につぶやく。

「いつかは痩せて、私たちをもう一回着てね」

でもそれがかなわないまま、月日は過ぎていった。

が、この頃の私はちょっと違う。何年ぶりかでやってきた、ダイエットの本気モード。

それは今やっているバレエ・ヨガによるところが大きい。

これはマットに寝ころんで、バレエのポーズをとるのだ。ゆっくりゆっくり、その間なんと四時間！

「じわじわと、体の内側から変えていくんですよ」

とバレエダンサーの先生（男性）は言う。

もう少ししたら、希望者に立ってちゃんとやるバレエレッスンをしてくれるそうだ。生徒は六、七人ほど。日によって違う。来られる人だけが来る、というシステム。みんなヘアメイクの、アカマツちゃんの友人かあるいは家族（お母さまも来る）。

考えてみると、私はずうっと一人でやってきた。ジムレッスンも、ピラティスも、ボクササイズも、いつも個人トレーナーをつけていた。

イヤらしいけど、多少顔と名前を知られている身としては、グループレッスンがイヤだったんだ。

エクササイズばかりではない、英語も声楽も全部一人で先生についた。だから長続きしなかったに違いない。

グループレッスンがこんなに楽しいとは。

みんなでキャッキャッとお喋りしながらする。スマホを使いながらの人もいる。マット

に寝ころんだまま、

「何をやっていてもいいんです。ゆるくゆっくりとやればいい」

と先生は寛大だ。

そしてみんなで、「ビフォー」「アフター」の写真を撮り合い、あれこれ言う。

「絶対に脚が長くなってる」

「お腹がへっこんでる！」

このレッスンを月に二回だけでもすれば、全体に身体が変わると、先生は私を励ましてくれる。

「好きなもんも、どんどん食えばいいの。あなたたちは四時間も運動しているんだから、帰りにラーメンもオッケー」

というので気がゆるみ、夜中までさんざん食べまくったら、すぐに二キロ増えてしまったが。

このグループのみんなは、余計なことを言わないいしししない。帰る時も、

「同じ方向だから、タクシー一緒に乗らない？」

なんてこともなく、みんなさっさと帰る。

だけど時々はおかしを配ってくれたり、宝塚のカレンダーをくれたりする。

「マリコさん、私たちいつか発表会をしましょうね、ラインダンスをしましょう」

というアカマツちゃんの提案で、グループＬＩＮＥは「夢組」と名づけた。

この夢組のお喋りが、これまためちゃくちゃ楽しい。写真をアップしてはみなで痩せた、痩せてないの大騒ぎ。毎月ものすごい数のLINEがとびかう。この渦にひき込まれ、私は本当に痩せるような気がしてきた。

フグの魔力

毎日毎日、本当に忙しい私。

朝うちを出て、夕方までびっちりと働く。その合い間に、自分の仕事をすることもある。取材を受けたり、編集者と打ち合わせをするのであるが、やはり職場が気になって、いったんは帰る。

こんな私にランチのお誘いが時々。

「銀座でゆっくりお喋りしない」

こういう時、

「私はそんなにヒマじゃない！」

といったんムカついて、そんな自分を心から反省する。

「きっと私に、ゆったりした時間を持たせようと、親切に言ってくれたに違いない。それなのに私って……」

あぁ、昨年の今頃が懐かしい。しょっちゅう表参道や銀座でランチをしていた。そのあとお買物をしたりして、お店を出るとあたりは夕暮れ。そう、半日ぐらいはまったりと遊

んでいた。

今はそんなことは出来ない。前にも話したと思うけど、秘書Bにお弁当を買ってきてもらう日々である。

それも資料を読みながらのながらご飯。こんな私に、優雅なランチなんてとても無理。

その代わり、というわけではないけれど、ディナーは結構毎日ある。仕事がらみも多いけれど、友だちからの誘いがほとんどだ。

来週は女四人で、ものすごい人気の焼肉店に行くことになっている。

一方季節は冬。フグの季節である。フグはワリカンで食べることはない。ご馳走になるか、ご馳走するかのどちらかだ。

私の場合は、おごることがほとんど。人呼んで「フグ・ボランティア」。

どうしてこんなことになるかというと、私はフグが大好物なのだ。しかしご存じのようにフグは高い。若い友人だと、

「私、行けない。ムリー！」

だから私が、

「いいよ、いいよ。私がご馳走するから」

ということになる。

私が冬に何回か行くフグ屋さんは、ものすごく高い。しかもキャッシュである。まわりにATMもなく、何度私は交差点の近くまで走ったことであろうか。

それでも私は、若い人にフグをおごる。なぜなら、人生で初めてカウンター（回らない）のお鮨とフグを食べさせてくれた人のことは生涯忘れないからだ。

私は生まれて初めてフグを食べたのは、三十一歳の時であった。赤坂の老舗に招待されたのだ。某出版社の部長クラスの二人であったと記憶している。

「ハヤシさん、こういう風にネギを巻いて食べるんですよ」

と教えてくれた。

山国育ちの私にとって、それは信じられないような美味であった。大きな皿に盛った、フグ刺の美しさにも感動した。

あの後すぐ、私は直木賞をとることが出来た。おそらく前祝いのつもりでご馳走してくれたんだろう。

出版不況が長引き、もうフグに招待してくれるところなんて少なくなった。だから私は自前で食べます。

冬はフグのために働いている、といっても過言ではない。カードで支払いのサインをする時、くらくらっとくるぐらいの金額。

先日は乃木坂のフグ屋さんであった。そこは素敵な大きなビルの中にある。来るたびに友人の言葉を思い出す。

「ここはね、当時不倫していた彼が、よく連れていってくれたのよ」

そうか、モテる女というのは自分でフグを払わない。お金持ちの男の人が払ってくれるものなんだ。

自分でフグの代金を払い続けてきた私って、なんてケナゲなんだろう。言ってもせんないことであるが、私は損をしてきたのかも……。

まあ、いいや、そんなこと。

今日はちょっと気の張る方をご招待していた。そうしたら直前にその方が、

「今日は部下を二人連れていくから」

と……。とほほ……。

しかしシャンパンやワインを飲んでいくうち、次第に気が大きくなっていく。

「エイヤ、お金は天下のまわりもの。今月はもう洋服買わないし」

フグには人を太っ腹にする不思議な力がある。

ところで人を招待する時は、いろいろなマナーがある。お勘定はこっそり、というのは大切なこと（私の本『成熟スイッチ』読んでね）。

あらかじめカードを預けておいて、トイレに行くふりをして払う。そうしたらお店の人が、

「今日のお勘定はAさんが」

と言うではないか。Aさんというのは今日の会食をアレンジしてくれた私の連れ。

「そんなわけにいかない」

「いえ、僕が」

と二人で争った揚げ句、二等分することに。そしてその金額を見てびっくり。めちゃくちゃ高い。一人で払ったら、私、泣きベソかいてたかも。私はA氏のことをますます好きになった。

フグには冬限定のいろんなドラマがある。

ゆる〜いって、ありがた〜い

前に書いた、バレエヨガレッスン。

皆が言うには、

「マリコさん、デコルテあたりがすごくすっきりしてきた」

確かにＶネックのものを着ても、以前ほど見苦しくないような。

そんなわけで出来るだけ、週に一度のレッスンに行くようにしている。このレッスンは、なんと四時間もかかるのがネックだ。

「みんなから、長い、長いって文句言われるけど、この形態は変えません」

と、カズ先生が新年のグループＬＩＮＥではっきりおっしゃった。

カズ先生というのは、私たちを教えてくれる方で、元ダンサー。長い舞台生活で得た、体の仕組みに基づいて考えているワケ（なお、このバレエヨガレッスンについては、了解を得たのでこれからガンガン書きますね）。

カズ先生は言う。

「あなたたち、世の中に、こんなにゆるーいレッスンはないですよー」

なにしろほとんど寝っころがっているので、スマホを見てもOK。水やお菓子だって好きな時にとって構わない。

このあいだは、まず、

「旅行に行ったから」

とレッスン前にあべ川餅をもらった。わーい、わーいと食べていたら、ものすごく気がきくマガジンハウスの編集者がやってきて、私の大好きな亀十のドラ焼きを配ってくれた。みんな大喜び。レッスンが始まってたが頬張る。

「ホントにこんなとこ見たことない。日本一ゆるーいレッスン」

と言いながらも、レッスン場の隅の給水機を指さすカズ先生。

「あれ、お湯も出るから、粉コーヒー持ってきて飲んだら」

私がすかさず、

「カップラーメン持ってきていいですか？」

と尋ねたので大笑い。

こんな和気藹々《あいあい》のレッスンなのであるが、三時間半過ぎた頃から急に厳しくなる。椅子に座って棒を握り、体をくねらせるのである。体がやわらかい人だと、大きく横に握る棒が床につくのだけれど、私は無理。体がものすごく硬いから。

「でも週に一回でも、このレッスンを受けていれば大丈夫。それから食事制限なんて絶対にやっちゃダメ。あんなもんやったって痩せるわけないんだから」

カズ先生の言葉に従って、ちゃんと食べている私である。この頃、コロナ対策が変わり、新年会もぐっと増えた。今日は久しぶりに某出版社の編集者と打ち合わせを兼ねて会食。有名フランス料理店である。

「ハヤシさん、久しぶりです」

と現れたA子さんは、髪の下の方をグリーンに染めて、ワンピもすごく可愛い。

「相変わらずおしゃれだね」

と誉めたら、

「ハヤシさんがいつもそう言ってくれるから、会う時は頑張ります」

彼女は三十四歳。結婚はしたくないけど最近マッチングアプリに凝っているそうである。

「そういえば、マガハのB君もC君も、それやってるって言ってた。B君はものすごいイケメンで、マッチングアプリなんかしなくても、相手はいくらでもいると思うけどな」

「でもコロナで出会いが少なくなってるからみんなやるんじゃないですか。結構いろんな人に会えるから楽しいですよ」

「でもさ、中にはヘンな人もいるんじゃないの」

オバさんはついいらぬ心配をする。

「会ってすぐ、ホテルに誘われたりしたらどうするの？」

「そういうことが起きるとイヤなんで、昼間だけに会うようにしているから大丈夫です」

そんなことより、ってA子さんが言った。

「最近、みんな会うと卵子凍結の話ばっかりですよ。しようかどうしようかって」

「ふうーん……」

あまりのことにちょっとびっくり。

「卵子の状態は三十五歳頃までがやっぱりいいみたいなんです。でも凍結というと、結構お金がかかるみたい」

「今は援助してくれる企業もあるんだって？」

「そうなんですよ。でも、うちはまだちょっと無理かな。卵子は老化早いですから、決心するなら今のうちなのですが」

男性もいたのであるが、「ランシ」「ランシ」と聞いても眉ひとつ動かさない。こういう話題には慣れているようである。

「私、結婚はしたくないけど、もしかすると将来子どもは欲しくなるかもです」

「まあ、それはわかるけど」

そういえば、と私は言った。

「このあいだ新聞で、東大卒の経済評論家の女性が、卵子凍結する自分がイヤになってたって書いてたよ。どうして女性だけが男性社会に組み込まれて、こういう大変なことをしなきゃいけないんだろうって。卵子凍結は、女性を自由にするもんじゃないんだって」

そしてその会は、ずっとランシ、ランシ、ランシのオンパレードになった。女ってランシによってしんどい思いをするとつくづく思う。もっとゆるーく生きていきたいですね。

気にしないもん

プラシド・ドミンゴと、ホセ・カレーラスのコンサートを見に行った。

三大テノールの二人、歴史に残る大歌手ですね。彼らの他に、一人若いソプラノ歌手が出演していた。

この人、歌がものすごくうまいうえに、セクシーな顔つき、黒いボリューミィなイブニングドレスを着ていたが、かなりデコルテが露出していて、肩紐にしては太い布が水平に下がっている。

「いつ落ちてくるか気が気じゃない」

一緒に行った男性は言った。

「こんなドレス着ないでほしいな。ちゃんと歌に集中させてほしい」

男の人というのは、コンサートに来ても、こんなことを考えるんだなあとつくづく思う。

さて、女性誌から「モテる」「男性ウケする」という言葉が消えて久しい。デイトのためにおしゃれをしたり、ネイルを塗ったりするんじゃない。服を整え、爪の先まで綺麗にするのは、私がしたいから、という考えが主流になっている。とてもいいことだ。

ところで世の中には「エッチな服」というのがある。そんなつもりはないかもしれないが、ハタで見ていてドキドキするようなもの。

たとえばパンツが見えそうな短いスカートとか、体の線がはっきり出るニット。胸が半分見えるようなワンピ。これをおミズの人ではなく、ふつうの女の子が好んで着るのが面白い。

「着たいから着て何が悪いの」

という感じであろうか。

夏になると電車の中でも、めちゃくちゃ布の分量が少ないタンクトップを着ている女の子がいて、目のやり場に困ることもある。

これほど大胆になれるのも、最近の男の子がおとなしくて、ワルさをしないからに違いない。もちろん犯罪者は別として、女の子がどんな格好をしていても、

「自分を誘っている」

なんて思わない。

とはいえ今年の冬は寒くて寒くて、もはや「エッチ」も「誘っている」もない。厚いニットやジャケットをだぶだぶ着込む。

しかし私とそう年が違わないのに、いつも薄着のA子さんがいる。彼女は「モテる服」を常に意識している世代。いや、あまりにもモテ人生で、それが継続しているため習い性

になっているのかも。

彼女がぶ厚いニットを着ているのを見たことがない。いつもワンピ。それもカシュクール衿、女らしく見えるデザインだ。ネックが綺麗だし、体型もきちんとしているのでよく似合う。

「なんでこの真冬に、そんなもの着てられるの」

と聞いたら、特別な防寒肌着のおかげだと。

「今度送ってあげる」

というので待ってたら今日到着。それが色気も何もない、黒の半袖シャツだ。

「ありがとねー。さっそく着るねー。もう見せる人もいないし（笑）、愛用します」

とLINEしたら、彼女から、

「私は軽いマッサージやってもらっている時に、若いトレーナーにばっちり見られた」

私はもっと恥ずかしいことがいっぱいある。電車の吊り革につかまっていたら、コートもジャケットの袖もすとんと落ちて、ババシャツのレースの袖口（肌色）が、何センチも見えていた、ということもある。

薄い白いニットの下から、柄がすっかり見えていた、ということも。

かつては真冬でもブラだけだったことを思い出す。そんな昔でもない。

あんなシャツを着るのはオバさんだと思ってた。だけど本当のオバさんになると、防寒肌着は必要なんですね。この頃、他のおしゃれなオバさんからも、あったかいガードルもらったりするし。

本当に今年の冬は寒い。

ゆえにここのところ、ずうーっとモンクレールの黒いダウンを着ていた。上質のダウンは一度着ると手放せない。毎日毎日着る。

が、玄関のハンガーには、クリーニングから戻ってきてまだ一度も袖をとおしていないコートが、恨めしそうにこちらを見ている。カシミヤのPRADAのキャメルコート。

ベージュのニットジャケットを着た日、こちらのコートを着ていった。靴もややヒールのあるものにする。

そうしたらいつになく背すじがぴしっと伸びた。

「やっぱり大人の女性は、コートがいいですよね」

秘書Aが言った。

「デキる女、って感じですよー」

モテる服ではなく、「デキる女」服っていい言葉ですね。でも時々は可愛い（服）とも言われたい私。女の人から。そう、今、服を誉めることも、セクハラにつながるとされ、男の人はしなくなった。賞賛と防寒肌着は、女から女へと手渡される時代なんだ。

あなたは誰？

こんなカード出ましたよ

友だちのうちでのご飯に行ってきた。

いろんなレストランに行く私であるが、よそのおうちのディナーも大好き。

おうちに招いてくれるのは、たいていが料理上手と決まっている。プロには真似出来ない、あったかい手作りでこちらを歓待してくれるのだ。

A子さんは「A子食堂」と言われるぐらい、お料理がうまい。そしてテーブルセッティングもとても素敵。

吟味されたお花に、ナプキン、カトラリーと、レストランも顔負け。それでいて気取った感じがしない。

数種類のサラダが出たかと思うと、揚げたての春巻き、三種類のタレの牛しゃぶとなる。

海鮮サラダは鯛のおさしみに、ニンジン、キュウリ、大根を山のように細切りしたものをドレッシングで混ぜる。私もよくこれに似たのをつくるけれどまるで違う。どうして？

「たいしたことはなにもしてないわよ」

冷凍していた春巻きの皮をカラッと揚げ小さく砕く。アーモンドも砕いてドレッシングに加える。

「ホントにちょっとしたことだけ」

このちょっとしたことがなかなか出来ないんだけれど。

ところでA子さんちのディナーのお楽しみは、タロットカードである。プロの人を呼んどいてくれるのだ。プロといっても、本当の占い師ではなく、スナックをやっている女性。お客さんへのサービスでやっているうち、あまりにもあたるので、日にちを決めて昼間占うようになったとか。

彼女はA子さんと親しいので、特別に出張してくれたのだ。

この頃しみじみ思うのであるが、トシになってくると、占いにあまり興味を持たなくなってくる。あたり前だ。

「彼と結婚出来る?」

「どんな人が現れるの?」

ということを聞くトキメキがまるでなくなったから、聞くのは子どもの結婚のこと。となると、占いをやってもらってもそう楽しくないかも。

左手で三つに切ってまた重ね……。

「ハヤシさん、こんなカード出ました」

剣を持った男性のカード。

「ハヤシさん、一人の男性に何十年も、ものすごく抑圧されてます」

夫のことに違いない。

「それからもう一人の男性が、近づいてきています」

えー、何ですって！

「それって、恋愛するっていうこと？」

「そうです」

いくら図々しい私でも、そんなことは絶対に起こらないと断言出来る。そんな人がいるわけないでしょう。

「その男の人は、もう既に会っている人です」

まるで心あたりがない。

いったい誰だろうと、うきうきした気分で飲み会へ。この会は一応「真理子さんを囲むイケメンアスリートの会」という名前になっている。

現役のアスリートでなく、過去にラグビーやサッカー、スキーをやっていた人たちだ。コロナで三年ぶりの開催となった。

「マリコさん、今日はとびっきりのを揃えておいたからね」

幹事のC氏が言う。が、やはり彼がイチバンでしょう。めちゃくちゃカッコいい元ラガーマン。今は外資企業のえらい人だ。この人のモテ伝説というのは、あまりにも有名である。

隠れ家イタリアンで、おいしい料理とワイン。もう本当に楽しい。

C氏の隣りにいるのはD氏。この方は私でも知っている老舗のある会社の四代目社長。下ネタばかりのC氏の横で、たえずニコニコしている。

どうってことないけど素敵な人。

帰り道、誰がよかったか、という評定を女友だちとするのは、合コンの醍醐味だ。合コンのつもりじゃなかったかもしれないけど、私はいつもその姿勢で臨んでいる。

「私はやっぱりDさんかな」

「私もそう！」

友人が叫んだ。

「一見、地味でふつうなんだけど、品があって穏やかで、あの雰囲気いいよねー」

「Cさんみたいな、華やかなカッコよさはないけど、ああいうタイプ好きだなー」

そしてうちに帰ったら、D氏からLINEが入っているではないか。驚いた。私は初対面だと思っていたが、何年か前にLINEを交換していたらしい。

「今日は久しぶりにおめにかかれて、とても嬉しかったです」

これってタロットのあれでしょうか。もう既に会っている人、って言ったよね。若い頃の私だと、

「またおめにかかりましょう」

なんて誘い水出したもんだけど……。まあ、そっけなく打とう。

フルイチ君が、最近半分バカにして言う。

「マリコさん、ハニートラップに気をつけて」

そんなもん来ない。しかし「既に現れている人」は来るらしい。私も〝ちょっとしたことだけ〟をしようかな。

「私もとっても楽しかったです」

買物スイッチ、オン!?

私は間違ったことをしている。

それはお金の遣い方に関してだ。

あきらかに、分不相応の贅沢をしているのである。

昨日、ある文学賞の選考会と、その後の会食があり、私よりずっと若い女性作家たちとぺちゃくちゃお喋りした。

二人とも四十代で、超がつくぐらいの売れっ子だ。だけど事務所も持っていないし秘書もいない。

「編集者との連絡なんて、パソコンで自分で出来るもん」

もちろん私みたいに、フルタイムのお手伝いさんも頼んでない。

二人ともおしゃれはおしゃれだけど、古着とか韓国の通販が好き。住んでるところも、賃貸のマンションだというから不思議でたまらない。

「あなたさ、巨万の印税は何に遣ってるの?」

と尋ねたら、

「巨万じゃないけど、コミックに遣ってますよー」

「コミックなんて、たいした額じゃあるまいし……」

と言いかけてやめた。なんか人のフトコロを詮索するオバさんみたいになったからだ。

何を言いたいかというと、私ぐらいの収入で、こんな生活をしているのはあきらかに無理があるのだ。

まあ今のところは、ちゃんと税金も払い何とか暮らしているけれど、いずれやっていけなくなるかも。

それなのに、またたくさんの買物をしてしまった。

年に一度か二度、いや、三度か四度か、タガがはずれたようにお洋服や靴を買う。このあいだがそうだった。

きっかけは、ヘアメイクのアカマツちゃんのＬＩＮＥであった。写真が付いてる。

「マリコさん、今シーズンのグッチのローファー、めちゃくちゃいいですよ。見てください」

足の横幅が急にデブになり、手持ちの靴がほぼ全滅した。硬い革や細身のものが履けない私のことを、心配してくれているのだ。

「このグッチのローファー、ものすごくやわらかい靴で、後ろふんづけてもオッケーなんです。ふんづけて履いても可愛いんです」

そんなわけで、さっそくショップに行き、黒と白とを大人買い。

そうしたら急に火がついて、春の洋服を買い始めた。

ご存じのように円安もあり、今、海外ブランドの価格は大変なことになっている。ふつうじゃない。あんなものが買えるのは、中国人のお金持ちか、IT社長の奥さんか彼女ぐらいであろう。

それなのに私は、ジャケット、ブラウスなんかを買い、また別のショップでジャケットとスカートを買ってしまった。もうカードの限度額なんてとっくに超えている。

しかも、このところ人とご飯を食べる機会がやたら多い。このトシになれば、私が払うことが増えてくる。先日はフグ屋に行く前に、カードが使えないことを思い出し、コンビニのATMに駆け込んだ。

残金の紙片を見ながらため息をつく私。

確かに私は間違っている。

しかしおいしいものと、洋服が大好きだから仕方ない。問題はいつまで持つかだな。

こんなに働いて、バシバシ遣う自転車操業。いつかはバシッと終わるかも……。

いや、いや、暗い話をしてしまった。明るい話をしなくっちゃね。

二ヶ月ぶりにヘッドスパに行ったら、

「ハヤシさん、ものすごく髪質がよくなりましたね」

と、誉められた。

「わかる？　実は最新のマシーンを買って、近くのサロンに預けてんの。マイボトルじゃなくて、マイマシーン。私みたいなズボラは、いろんなものを買っても絶対に使わない。だから余計にお金を払って、マシーンで頭皮マッサージしてもらってんの。その効果ね」

久しぶりに友人夫婦とご飯を食べたら、ダンナさんの方が、

「ハヤシさん、恋でもしてるの？」

だって。

「肌がすごいピカピカして輝いてるよ」

「ホホホ、実はね……」

照れ隠しについタネ明かしするのが私のいいところ。

「月に二回、低周波で顔上げてもらってんの。これが私に合ってるみたい。めちゃくちゃうまい技術者の人がいて、経営者でもあるんだけど、この人がいないと、私、女として生きられない」

そうしたら二日後、技術者の彼からＬＩＮＥが。

「急に海外で仕事をしなければならなくなって、しばらく日本を離れます。帰ってきたら連絡します」

こんなのありでしょうか……。

いけない、また暗い話になってしまった。

グッドモーニングを求めて

春が近づいてきた。

春もののお洋服を買ったことは前回書いた。某海外ブランドで、どっちゃり買った。その後、

「どうしてこんなにお金を遣ったのか……」

と深く反省したことも。

しかし人生はなんとかなるようになっている。この後、本の増刷がかなりの数決まったのだ。本当に嬉しい。もうすぐ、女友だちと二人、「奇蹟の美肌の湯」に行くことになっている。その温泉は、一日過ごすと翌朝、肌がピカピカになるということだ。

そう、希望の春。春は希望。希望の冬とは言わない。いいことはいつだって、春に始まることになっている。

私は新しい習慣をひとつ増やすことにした。もうダイエットはほとんどあきらめているので、望むことは綺麗な肌と便秘が治ることですね。

そんなわけでお白湯《さゆ》を飲むことにした。

今まで私は起きたてに冷たい水を飲み、その後は牛乳を飲んでいた。少しでも腸に活を入れるためだ。が、これはいけない。まず体を温めることが第一だ、と反対のことが雑誌に出ていた。

少しずつ体を目覚めさせ、活性化させる。こうすることで便秘も治り、肌も見違えるようになるということだ。

そういえば五年ぐらい前、中国人の友人と台湾を旅行したら朝食の席で必ずお白湯を飲んでいたっけ。

「こうするのがいちばんいいの。中国人はみんな熱いお湯を飲むのよ」

そういえばと、元CAの秘書Aが言った。

「アジアのお客さまは、よくホット・ウォーターを頼みますね」

冷たいと温かい。いったいどちらが正しいんだろうか。

さて、私が毎日通っている大学の建物には、毎週金曜日になるとヤクルトの販売員の女性がやってくる。とても気さくな中年の女性で、私を見ると、

「あーら、ガクチョー」

と声をかけてくれる。学長ではなく理事長なのであるが、私はこの「ヤクルトおばさん」から、時々ヤクルト1000を二パック買う。ヤクルト1000は、マツコさんが、

「これでぐっすり眠れる」

と言ってからスーパーでは入手困難。しかしここではどっさりあるのだ。これを一本飲

むと、夜が本当によく眠れる。

それは十日前のこと。あるトラブルが起こって、夜寝るまであれこれ考えていた。そうしたら文字どおり、朝まで一睡も出来なくなったのだ。

これが本当につらい。私はもともと、ベッドに入るやいなや、朝までぐっすり寝ることが出来た。これは物書きにしてはまことに珍しい体質だ。

なぜなら作家の多くは、不眠に悩まされているのである。友人の一人は、ソファで仮眠をとるのがやっとだという。眠れないのにベッドに横になるのがつらいんだそうだ。

「毎日、三時間眠れればオンの字」

というので驚いてしまう。そして睡眠導入剤を使ってしまうのだ。

毎晩ぐっすり眠ることの出来る私は、そうしたサプリを持っていない。が、あの夜はつらかった。そう、まるっきり眠れないというのは、まるで拷問のようではないか。

私はずっと寝たきりだった母のことや、病気で長く入院している友人のことを思った。みんな本当につらい夜を過ごしていたんだ。ベッドの中でもんもんとする。というのは、精神にこれほどダメージを与えるのか。

次の日も、そのまた次の日も、ベッドに横になっても、

「もし今夜も眠れなかったらどうしよう」

という恐怖でビビってしまうのである。

こういう時、必死で考えるのは、羊さんのことではなく、昔好きだった男の人のこと。

あの時、幸せだったなぁ、楽しかったなぁ……。しかしやはり眠れない。

が、やがて意識が遠ざかり、無事朝を迎えた時の嬉しかったことといったらない。ヤクルトのおかげだろうか。

このようにして便秘も解決したいものである。

ところで数日後、「徹子の部屋」に出演することになっている私。昨年出たばかりだというのに、また呼んでいただけることとなった。有難いことである。

洋服をたくさん買ったのは、この出演のせいもあるのだ。徹子さんにお会いしたら、造顔マッサージのことを聞いてみよう。

そう、十五年前、一世を風靡した田中有久子《ゆくこ》さんのことを憶えているだろうか。強い力でマッサージをし、リンパに流すというもの。田中さんが書いた本は大ベストセラーになった。そして田中さんが、特に親しくして、特訓をしてくれたのが徹子さんと私であった。自分ですべて出来るようにしてくださった。

徹子さんは田中さんが亡くなった後も、ずっとこのマッサージをし、そのため、弛むこともなく今の美肌がある、と週刊誌に出ていた。

ずっとサボっていた私は反省。温故知新。そう、すごい美容法は昔のものの中にもあるんだ。

マリコさんちのまかないさん

このあいだ、某出版社の二人の女性編集者が、職場に遊びにやってきた。楽しくぺちゃくちゃお喋りするのは久しぶり。

そのうちの一人、A子さんはずっと女性誌の編集者をやっていて、私とは〝大足仲間〟。足が大きいために靴に苦労している彼女ともう二人、四人の女性で、

「シンデレラの姉ツアー」

というのをやった。大足女たちがいろんなブランドの靴を試しに出かけたのである。

A子さんのおかげで、ちょっぴりおまけしてくれるところもあり、あのツアーはよかったなあ。

「A子さん、今は靴、どうしてるの」

「私はもっぱらこれ、これよ」

白いスニーカーを履いていた。

「これにしてから、もう他の靴は履けなくなった」

「私もスニーカー一本やりにしたいけど、仕事柄、いつもきちんとしていたいからそうも

いかないな」

私たちはいろんな靴の情報を交換した。

私からは、

「最近、グッチのローファー買ったけど、ヒット。ものすごくやわらかい革で、かかとをふんづけてもOKなデザインなの。それから、ほら、今履いてるこれ」

指さした。

「アルマーニだけど、フラットシューズで左右がこんなに開いてる。ものすごくラクだよ。年とったら、足の幅がどんどん広がるから、もうこのくらい開いてないと」

「ハヤシさん、この靴、履いてみて」

とB子さんが自分の茶色のローファーを脱いでみせた。

「これは○○○○（むずかしくて憶えられない）の最新作。すごく大きくていいですよ」

履いてみたが、革が硬くて入らない。

「今度展示会に行きましょうよ。やわらかい革のもありますから」

ということで、近々、

「シンデレラの姉ツアー」

に出かけることに。

それにしても、女同士のおしゃれやグルメの他愛ないお喋りってめちゃくちゃ楽しい。

私の大切な情報源になっている。

ネットフリックスの「舞妓さんちのまかないさん」を教えてくれたのも、やっぱり女友だちだった。

「面白くておしゃれで、絶対にハヤシさん向き」

そう、私は花街の話が大好きなんだ。芸者さんに憧れていて〝おばけ〟という年に一度の仮装の日に、黒い正装でお座敷に出たことがある。京都に出かけた時も、芸妓さんや舞妓ちゃんを呼んでもらったものであるが、もう何年もそんなことしていない。

「私も芸妓さんや舞妓さん、本当にキレイだと思います。憧れます」

そう言うのは、うちの秘書。彼女は京都で大学生をやっていた時に、置屋でアルバイトをしていた。そこで芸妓さんや舞妓さんをいっぱい見たそうだ。

「あなたなんか美人だから、スカウトされたんじゃない」

「まさかー、年齢制限にもひっかかりますから」

確かに、舞妓ちゃんはふつう、中学を出た時から修業を始めるんですね。

このネットフリックスのドラマ、これでもか、これでもか、というぐらいキレイな女の子が出てくる。みんな若くて素顔がキラキラしている。

この彼女たちを支える屋形のおかあさん、常盤貴子さんの美しいことといったら。夏の着物が本当によく似合う。松坂慶子さんも貫禄があってものすごく素敵。

ヒロインは舞妓をめざして稽古に励むものの、全くついていけず、「まかないさん」、つまり食事担当になるのであるが、そこに出てくるお料理はどれもおいしそう。ただのそうめんも、見ているとツバが出てくる。親子丼も本当に食べたくなってくる。

これを見ているうちに、私も料理をしたくなってきた。

私はそんなにヘタじゃない。かなりうまい方ではないかと思う。ただ時間がないだけ。夜はたいてい外食である。そんなわけで、朝に凝るようにした。

今日は昨日のミネストローネが残っていたので、冷やご飯を入れてリゾットに。チーズをふりかけて熱々を食べた。

スキ焼きが残っていたら、玉子でとじて親子丼に。トンカツだったらカツ丼にする。かなりカロリー過多であるが、これがバッグンにおいしい。

お正月に残ったお餅は、イソベ巻きにするのはあたり前。私はこれにチーズと焼き海苔をのせて、トースターでチン。

あとご飯を解凍して、チャーハンにしたりもする。おいしいチャーシューをもらった時にね。

そういえば私、昔、マガジンハウスからレシピ本を出している。興味があったら読んでください。本気になれば私って案外すごい。ダイエット以外はね……。ハイ。

いざ、美肌の湯へ

年下の男友だちダン君は、有名歌人であり小説家。そして最近はそれに「温泉ソムリエ」という肩書きが加わった。

彼はとんでもない大金持ちに生まれたので、子どもの時から、日本はもちろん世界中のリゾート地に行っている。

しかし、

「日本の温泉がいちばん」

という結論になり、全国いろんなところに宿泊するようになったそうだ。有名雑誌に、レギュラーで温泉紀行を連載している。

そのダン君からLINEがきた。

「マリコさん、すごい温泉発見しました。間違いなく日本一の美肌の湯です」

なんでも、朝起きるとピカピカになっている。薄いシミなら消えるそうだ。

「しかし最低二泊はしてください」

江戸時代からのひなびた旅館なので、いま流行りのラグジュアリーな宿とは違う。お食

事も今ひとつだ。

「だけど湯がすごいんです。湯が」

強い硫黄泉で、これだけ強いところはめったにないそうだ。

場所はそう遠くない箱根だというので、すぐその場で予約した。部屋はダン君おすすめの〝離れ〟にした。ここは露天風呂がついていて、大正の雰囲気が残るところなのだという。

さて、温泉、誰と行こうか。夫を置いとくとうるさいから、たまには夫婦で行こうかな。

「ダメ、ダメ」

とダン君。

「温泉は絶対に、同性と一緒に行かないとダメなんです」

ということで、可愛がっている姪と行くことにする。某有名外資ＩＴに勤める彼女は、しょっちゅうアメリカやカナダに出張している。さぞかし疲れていることであろう。

「伯母ちゃん、ありがとう。嬉しい」

大喜びだ。

さて私たちが行くところは、箱根といってもかなりのはずれ。小田原からタクシーで一時間近くかかる。昔は数軒の旅館があった温泉地であったが、今はたった二軒を残すだけ。交通の便が悪いのだ。

着いた旅館は、見かけはふつうの建物であったが、庭が広く別棟があった。私たちが通された〝離れ〟は、びっくりするぐらいレトロな部屋。なかなか素敵だ。

さっそく浴衣に着替え、順番で部屋についてる露天風呂に入る。確かにものすごく強い硫黄のにおいがするお湯であるが、美肌になると思うと少しも嫌じゃない。

お風呂に入り、また入り、その合い間には部屋でだらだら。まさに至福の時ですね。

姪はこの頃婚活のアプリに入会したそうだ。

「どれ、ちょっと見せてみ」

スーツ姿の男性がずらっと並んでいる。

イケメンもいるし、ふつうもいる。たくさんの人数。

「これって条件でしぼることが出来るよ」

ためしに「年収千五百万以上」という条件をつけていくと、お医者さんや企業家といった人たちが出てくる。

「ふーむ、まあまあかなあ……」

「年収を六百万以下におとしてみると……」

若くなり、イケメンも増えてくる。

「年収と外見って、見事に反比例していくんだよ」

年収が低いと、カッコいい人たちがぐっと増えるんだそうだ。

「住むところでもしぼれるよ」

会いづらい遠いところに住んでいる人は、はねられる。条件は次々としぼられる仕組みだ。

「これは面白いねー。これはいいねー」

「あっ、伯母ちゃん、勝手に『お見合い申し込み』のところを押さないでくれる！」

もう遅い。いっぺんに五人に押しちゃった。

「男はほどほどの年収で、イケメンがいちばん。こういう顔の人は信用出来る。私の言うことをまず聞きなさい」

二人でキャーキャー言っているうちに夕飯の時間だ。広間に六時と決められているのは、人手が足りないんだな。ダン君の言うとおり、お料理は今ひとつであったが、私たちはおいしいものを食べに来たのではなく、目的は美肌なんだもの。

そして次の日の朝、肘や肌がすべすべしているのがはっきりわかった。何よりも驚いたのがカカトだ。やすりを使ったり、クリーム塗ったりしても、カサカサしていた冬のカカトがかなり綺麗になっているのだ。

昼間はバスで芦ノ湖に向かう。昨夜は雪が降ったけれども、今日は晴天。ピカーッと抜けるような青空だ。

目の前の富士山の美しいことといったら。雪で真っ白になっている。

美肌と富士山、もう最高の取り合わせ。

「すっごい美人になれそう」

と姪。二人で拝んだ。

近いうちにまた一緒に行くよ。ダン君、ありがとうね。

ピカピカの秘訣

「徹子の部屋」に出演した。

久しぶり、と言いたいところであるが、昨年も呼んでいただいている。なんと、もう十回も出ているらしい。これは生きている人の中ではトップクラス。

どうしてこれほど回数が多いかというと、黒柳さんが私のことを気に入ってくださっているからではないかと思う。私も黒柳さんとお話しするのはとても楽しい。

頭がシャープなところは、昔と少しも変わっていない。そして生来の品と優しさがある。芸能人の中でも、ずっと「別格」の地位を保っているのはすごいことだと思う。

今回一年ぶりにお会いしてびっくりしたのは、黒柳さんの肌の美しさ。弛みひとつない。

「ピカピカしてますねー」

と収録前の雑談で、思わず口に出していた。黒柳さんの美肌はとても嬉しい。なぜなら私たちは、「きょうだい弟子」だからである。

美容家の田中宥久子さんが逝って、もう十年になるだろうか。有名な「造顔マッサージ」

の考案者である。両手を使って肌をすべらせ、リンパに流す、というやり方である。これを続けると、確かに顔の形が違ってくるのであるが、テクニックが必要だ。厳密な順序があり、頬から首、という風にマッサージをしていくのだ。

私はある編集者から田中さんを紹介され、とても親しくさせていただくようになった。月に二度ぐらい、赤坂のアトリエに通うようになったのである。

やってもらうと、とても気持ちいいのであるが、田中さんは、

「ハヤシさんが一人で出来るように」

と特訓をつけてくれた。

「指の使い方が違いますよ。ここは掌《てのひら》を使って、頬骨のところは、ひとさし指を曲げましょう」

田中さんのところには、何人かの芸能人や有名人が通っていたが、いちばんの愛弟子は黒柳さんだった。

「とにかくお話が面白い方なの」

と田中さんはすっかりファンになった。

「芸能界のことばっかりじゃなくて、いろんな方を教えてくださるのよ」

その田中さんが亡くなった時、私は黒柳さんと一緒に「しのぶ会」の発起人となった。ズボラな私は、会場のレストランに行くのに、

「忙しいし、会が終わる前に行けばいいかも」

などと考えていたのであるが、黒柳さんはちゃんと最初からいらしていた。あの大スターの黒柳さんが、ふつうにテーブルについているのを見て、自分の遅刻がとても恥ずかしくなった。

実はその頃から、私は造顔マッサージをしなくなっていた。なぜかというと、

「あんな風に強くマッサージをしたら、かえって弛みやシワの原因になる」

という週刊誌の言葉を信じたのと、この造顔マッサージがわりとめんどうくさかったからである。専用のマッサージクリームを使い、順序の他に力の入れ方もちゃんとセオリーがある。

しかし私がずっと前に田中式をやめた後も、黒柳さんは毎日これを続けていたらしい。

昨年出演させていただいた時、

「あなた、あのマッサージ、どうしていらっしゃるの」

と聞かれた。

「田中さんが亡くなって、さぞかしお困りだと思ってたわ」

「いえ、もうしていませんので」

「あら、そうなの。私は毎日ちゃんとしているのよ」

という会話になったのである。

今回、黒柳さんの美しいお肌を見て、つくづく反省した。

「継続は力なり」

というけれど本当だ。黒柳さんは田中さんをひたすら信じて、毎日ちゃんとマッサージをなさっていたらしい。

「このあいだは、専用のマッサージクリームがなくなりそうで本当に大変だったの」

造顔マッサージに使うものである。すべりがとてもよくて、ベタベタしないクリーム。

「メーカーに電話したら、もう製造やめるんですって。仕方ないから大量に注文したわ。これであと十年は大丈夫なのよ」

黒柳さんの言葉に感服した。ちゃんと十年先を見越して生きていることに。だからこんなに若々しくキレイなんだ。それにしても、専用マッサージクリームが中止に踏みきったとはちょっと残念だ……。というのはウソで、このクリームわりと高かったので、ドルックスクリームでしていたからである。しかし黒柳さんは本物にこだわった。

「私もこれから心を入れ替えて、造顔マッサージをやります」

と黒柳さんに言ったら笑っていらした。

ところで出演日のいでたちは、ジル サンダーのレモンイエローのブラウスに、半袖の白いジャケット。これもジル。これにいつものモンクレールの黒いプリーツに、靴はジャーン！ グッチ。革がやわらかくて、後ろを踏んづけても履ける、最近のお気に入り。ジャケットに合わせて白にした。

とはいうものの、おしゃれしたにもかかわらず、画面の私はやっぱりフケてた。もう十年マッサージやってない。田中先生、ごめんなさい、とつぶやいた「徹子の日」。

旗ふるマリコ

フルイチ君に誘われて、椎名林檎さんのライブを見に行った。椎名さんは大好きで、CDを何枚か持っているがライブは初めてである。

噂には聞いていたが、ものすごい迫力だった。椎名さんの歌の魅力と、見事にマッチする映像もすごい。最先端のものだということがオバさんにもわかる。

「耳も目も、たっぷり楽しませてもらった、という感じだよね」

とサイモンさんと感心し合う。

「彼女がオリンピックの開会式、仕切ってくれたら、めちゃくちゃおしゃれでセンスいいものになったのにねー」

久しぶりに興奮し、椎名さんのフラッグをふりまくる夜であった。

問題は帰りである。その日に限ってヒールの靴を履いていたのだ。階段をどどーっと若い人たちとおりていく時、ちょっと恐怖を感じた。スピードが違うのだ。

ここでコケたらまずい、と必死でしたよ。

「わかるわー、私なんかこのところ、フラットシューズしか履いてないもん」

サイモンさんが頷く。

サイモンさんというのは、漫画家の柴門ふみさん。私たちはデビューしたのが同じ頃で、長ーいつき合いなのだ。今や大御所となったサイモンさんであるが、自然体でまるで気取りのない人。ミーハーなところも昔と変わっていない。

帰りは渋谷のレストランでお夜食。フルイチ君が予約してくれた。中華とフレンチがミックスしたお店はなかなかおいしかった。

冷やした白ワインを飲みながらいろいろお喋り、といっても、サイモンさんはまるでお酒を飲まないけれど。

「いゃあー、椎名さんって素晴らしいよね。新しい才能って、どんどん出てくるんだね」

と話は、歌手のこととなっていく。

「サイモンさん、憶えてる？　私たちの憧れだった竹内まりやさんと一緒だった夜」

この話は何度もしてるけど、やはりテッパン。フルイチ君には初めてだ。

それはバブルがはじけ始めた頃。サイモンさんと私は気づいた。

「私たちって、結局マハラジャとか、ああいうディスコに一度も行ったことなかったんだよね」

彼女も私も、既に顔が知られていたこともあるけれど、どっちももともとは田舎出身の臆病な女の子。あのお立ち台に立つ、なんてことは出来なかったのだ。

「それを聞いた秋元康さんがカワイソーって、バンを仕立ててくれたんだよね。それに乗って、ディスコを何軒かまわったんだよねー」

「そう、そう、それでね、閉店したマハラジャに連れていってくれて、さあ、二人、お立ち台に立ちなよって。やさしかったね」

「モップ使ってる清掃のおばさんの横で、私たちおずおずとお立ち台に立って」

「そのバンには、竹内まりやさんも乗っていて、私たちをニコニコしながら見てたっけ」

「あの夜、どうして大スターの竹内さんがいたんだろう」

「古舘伊知郎さんもいたよね」

話はどんどん昔に遡る。こういう時、おとなしく聞いているのが、フルイチ君のいいところですね。

「懐かしいよね。そういえばサイモンさん、最近フジテレビのAさんに会ってる？」

「会ってないよ。もうとっくに定年じゃないの」

「ちょっと聞きなさい」

酔った私は、フルイチ君をきっと見据える。

「それはね、携帯というものがこの世に出始めた頃の出来事と思ってください。私はサイモンさんとご飯を食べてた。そこにAさんから電話がかかってきたの」

当時Aさんと私は独身で、恋愛感情はまるでなかったものの、とても仲よかったのである。

「今、何してるの、とのんびりした声で尋ねてきたから、サイモンさんとご飯だよ、と言ったら、ちょっと変わってほしいって、コワい声で」

「そして口説かれたのよね。『同・級・生』をドラマにさせてほしいって、ものすごい熱心さで」

「もう他の局に決まりかけてたんだよね」

「そうよ。だけど出版社は、最後は原作者が決めてくださいって言ってくれた」

「それがね、『東京ラブストーリー』の大ヒットにつながっていくの。あの時、フジテレビがイケイケだったから、結局はフジにして正解だったよ。フジだからあのドラマ、ヒットしたの」

いい？　とフルイチ君を再び見る。

「この私が、日本のドラマの歴史を変えたのよ。あの夜、私がサイモンさんとご飯食べてなかったら、あの社会現象は起こらなかったかもしれない」

すごいですねー、とフルイチ君はまるで気のない声で答えた。

古老は語るじゃ。

「アイドルの△子さんはね、昔は……」

オバさんにつき合わされても、顔色ひとつ変えないフルイチ君はあっぱれだった。

〃黄色いジャケット〃の時代

このところ、タクシーがつかまらない。本当につかまらない。

今日も雨の中、銀座で二十分ぐらい立っていた。そうしたら、さっき打ち合わせをしていた知り合いが車で通りかかった。

「途中まで乗っけてあげる」

「ありがとう」

麻布十番で降ろしてもらい、ここでまた待つこと十分。やっと赤い「空車」のランプを見つけた。

運転手さんといろいろ話す。これほどタクシーが少なくなったのは、車を呼ぶスマホのアプリが原因かと思ったが、それは小さなことだと。

「コロナの時に、運転手がみーんなやめちゃったからね。十数万人がやめたっていうよ」

そうなのか。

道路の両端に、必死で手を上げている人たちを見るのは久しぶり。バブルの頃を思い出す。

「あの頃は、六本木や銀座はタクシー争奪戦。本当にすごかったんだから」

などと言えば、若い人たちはみんなイヤな顔をする。

「そういう自慢話されたって、ボクたちはバブルなんてものまるっきり知らないし、生まれてもいなかったんですから」

そうですよね。

前回、私はこのページに昔の自慢話を書いた。その昔、秋元康さんに〝マハラジャ〟や〝ジュリアナ〟に連れていってもらったことを。

話題のディスコに、一度も足を踏み入れたことがない、柴門ふみさんと私を憐《あわ》れんで、秋元さんが、バンを仕立ててくれたのだ。閉店後だったのは残念だったが、

「ほら、マリコさん、サイモンさん、お立ち台に立ちなよ」

と秋元さんが励ましてくれ、二人、おずおずとお立ち台に立ったっけ……。

その話を書いた直後、柴門さんから写真が届いた。全くの偶然でびっくりした。

「部屋の整理をしていたら、懐かしい写真が出てきました」

とある。

「一九九三年、ジュリアナのお立ち台に立った夜」

なんとあの夜の写真が残っていたのである。

七人の男女が写っていて、古舘伊知郎さん、柴門さん、竹内まりやさん、秋元康さんだとわかる。あとの二人のうち一人はたぶん、フジテレビの男性社員ではなかったかと思う。

秋元さんがサングラスなのも時代を感じさせる。それより柴門さんが驚いていたのは、竹内まりやさんの顔の小ささで、

「本当にちっちゃい！」

隣りに立っている私の二分の一ぐらいか。

長い人生、私は痩せていた時期も何度かあったのに、このバブル期は〝デブ期〟。若いこともあり、顔がパンパンに張っている。それなのに真赤な口紅、太い眉というメイク。仕方ない。時代がそうだったんだから。

黄色のジャケットは、当時好きだったダナ・キャランのもの。首に巻いているのはエルメスのスカーフ。かなり派手。

そしてもう一枚の写真は、私たちと一緒に五人の美女が写っている。ホステスさんには見えない。別の店に移り、たまたま踊りに来ていた女性をＶＩＰルームに誘ったのかも。どの女性も本当に綺麗だ。みんな黒か紺のスーツで、肩パッドと、金ボタンがバブルの時代を表している。いや、バブルの終わりかけと言った方が正しいかもしれない。

「あの美女は、いったいどこで何をしているんだろう」

「『あいつ今何してる？』だと、若い頃華やかな世界に憧れて上京した地方の美女は、離婚してシングルマザーになって帰ってくる。そして地元でスナックのママになっているパターン多いよ。あの美女たちもそうなんじゃない」

柴門さんの言葉に、ふぅーんとうなった。同級生に確かにそういう人がいたからである。

東京でどうも不倫をしていたらしい。その人とすったもんだあった揚げ句、故郷に帰ってきて、カラオケスナックをしていたが、その後消息もきかない。

なまじ美人だと、都会に過剰な期待をするのではあるまいか。いや、あの頃の東京は、美人にはたくさんのものを与えていたはず。

バブル前後、私はバイトの貧困女子。幼なじみのCAと六本木に遊びに行き、それこそたまげたものだ。パブやピザのお店で彼女は顔だった。

「ここはよく、テレビ局の人と来るの」

「○○プロの社長に可愛がってもらって」

そう、あの頃の東京って、美人にはとことん親切だったのだ。

今はずっと平等である。もちろんいいめにあってる人はいるが、昔よりずっと少ない。おしなべてみんなビンボー。みんなジミ。

こんな世の中つまんない、とバブルの写真見ながらつくづく思う私であった。

準備はよろしくて？

いよいよマスクをはずす日が近づいてきた。

「顔のパンツ」といわれるマスク。私のようなズボラ者は、このパンツによってずい分助かったところがある。化粧に手を抜いても、へっちゃらだったからだ。

芸能人の方々もよかったのではないか。あの方たち、アイドルや俳優さんたちは異様に顔が小さい。帽子を深くかぶり、大きなマスクをすると、ほとんど何も見えなくなる。顔がすべて隠れる。が、オーラ、オーラはしっかり放たれるのですごいものだと思う。

全くあの方たちのオーラ、というのはふつうではない。一流の、という但し書きがつくけれど、遠くから見ていてもキラキラ光を放っている。帽子とマスクで、顔が見えなくても、みんなが振り返る。これはプロポーションのよさと、洋服のセンスだと私は思う。

ついこのあいだのこと、上野の東京文化会館にオペラを観に行った。華やかな夜。こういう時、招待席には有名人が招かれることが多い。私のひとつおいた隣りの席には、某有名女優さんが座っていらした。

「林さんですね。初めまして」

共通の仲のいい友人がいるので、あちらから話しかけてくれた。

その美しいことといったらない。マスクで目しか見えないけれども、ものすごい美女だということがわかる。ショートカットも顔立ちのよさをひき立てていた。グレイのシンプルなジャケットをお召しであったが、これまた素敵なの。本当にうっとりしてしまった。

こんな美人に生まれたら、女優になるしかないでしょう、という感じ。他の職業に就いても、きっと女優さんになったと思う……。美人って私とは見る景色が違うんだろうなぁ……。

まあ、そんなことをイジイジ考えても仕方ない。私は私で「顔のパンツ」を脱ぐ準備をしている。

ひと月に二回ほど、顔に低周波をあてていることは、以前からお話ししていると思う。が、このサロンが突然なくなってしまい、別のところに通うようになった。これはマジメに通っている。

それと今週、一年半ぶりにエステティックサロンに出かけた。このあいだ会った「美スト」の編集長は言ったものだ。

「最近癒やし系のサロンは数が少なくなっているんですよ。やっぱり流行っているのは、マシーンを使ったものですね」

手っとり早く、低周波だのナントカ波をあててほしいということか。しかし私は、熟練したエステティシャンによるハンドマッサージも大好き。施術してもらいながらうとうとするのは、まさに至福の時だ。

仲よしの柴門ふみさんは名言を私に告げた。

「エステは女のソープなのよ。他人の手で快感を得るんだから」

確かにそう。あっという間にストンと落ちていく。そして自分のイビキでハッと目が覚める。

どうしてエステをしてもらうと、大きなイビキをかくんだろうか。それはごく浅い眠りだかららしい。ガーッとやって自分でもびっくりして目が覚める。だけど女同士だからへっちゃら。

やがてひととおり施術が終わると、サロンのみんなが誉めてくれるのも嬉しい。院長や受け付けの女性がみんなでチヤホヤ。

「まあ、なんて肌が白くなったんでしょう。もともとお綺麗だから（肌が）」

あれを聞くと、女性ホルモンがアップしていく。誉め言葉はエステとセットになっているのだ。

さて、顔も大切だが脚も大切。ナチュラルストッキングになると、脚のレベルがはっきりとわかる。

冬の間に、私の脚はどんどん太くなったような。それよりも問題は、足の幅が広くなり、靴が全滅したということ。ヒールなんていっさい履けなくなった。

まだ新しいPRADAや、ジミーチュウ、エルメスの靴を泣く泣く諦めた。一回メルカリに出してみたのだが、全く買い手がつかない。

値段がやや高いこともあるが、私の足のサイズはめったにいないようなのだ。

「マリコさん、足の裏をちゃんと鍛えたらどうですか」

と言う人がいるのが有難いところ。私のまわりには、美容関係のスタイリストさんやライターさんがあまたいるのだ。

おすすめのマシーンを紹介してもらった。それは足の裏をのせて、ぶるぶると振動させるもの。

「それ、前に通販で買ったことがあるよ。でもめんどうくさくてすぐに使わなくなった」

太ももに絶縁テープを巻くのだ。そのマシーンは「象の墓場」と呼ばれる、うちの階段下に放り込まれた。ここには数々の健康器具、美容器具が埃《ほこり》をかぶって眠っている。

「最新のはすごくいいですよー」

と言うので買ってみた。今それは日大理事長室、私の机の下に置かれている。時間が出来ると、パンストを脱いでブルブルやるようになった。ちょっと人には見せられないけれど。

そう、「春の努力」が始まったのである。

ハッピー！　ハッピー？　バースデー!?

私が毎日通っている日本大学の本部は、市ヶ谷駅前にある。

よくいろんな人に、

「遊びに来てね」

と誘うが、あまりやってこない。というのも、私の部屋がキャンパスの中ではなく、いかめしい昭和の建物に入っているからだ。

しかしその日、理事長室はものすごくにぎやかだった。

「クロワッサン」で私の着物姿を撮影することになったのだ。どこかゆかりの場所で、ということで、三階の大講堂を指定した。ここは本部のいろいろなセレモニーをする場所。椅子を置けば二百人ぐらいは入れるか、天井が高く、レトロな内装だ。

今回の着物は、卒業式の時に着た色留。武道館で行われた式のために新調したのである。ものすごく高かった。

もう着物は買わない、と決めて断捨離を始めていた私。着物好きの親戚の子に、このあいだも訪問着と帯、色留を宅急便で送ったばかり。こんなことになるんじゃ、色留、あげるんじゃなかった。

着物に詳しくない人のために説明すると、色留というのは着物の第一礼装。訪問着より格が高い。よく結婚式で、お母さんたち身内の人は黒留を着るけれど、あれに色がついていると思えばいい。上の方に模様はなくて紋だけがついている。

学長がモーニングを着られるので、それに合わせるとなるとやっぱり色留でしょう。そんなわけで、美しい水色の、おめでたい柄がびっしり刺繡《ししゅう》されているものをつくったのだ。

しかし武道館はとにかく広くて、私の着物など誰も目に入らなかったに違いない。「クロワッサン」のグラビアでばっちり写してくれるなら、買った甲斐があるというものだ。

朝、理事長室へ行ったら、たくさんの人が集まっていた。ヘアメイクのアカマツちゃん、カメラマンさん、クロワッサンの編集者、ライターの今井さんに、初めて会う着物専門のライターさん、それから、私のこのページの担当のヨズエさん、後になってマガジンハウス専務のテツオも、様子を見にやってきた。もちろん着付けの人も。私の秘書も加わり、みんなでわいわいがやがや。

撮影場所にはおいしくておしゃれなものをいっぱい差し入れてくれるのが、マガジンハウスの伝統である。お昼に、といって苺のフルーツサンド、凝ってるおにぎりにおいなりさん、私の大好きな茂助だんご、おとぼけ豆も。

それどころじゃない。着物に着替えた頃、いきなりバースデーケーキが運ばれてきた。ろうそくに火がついている。

「ハッピーバースデー！　マリコさん」

五日前のことだけど、憶えていてくれたんだ。ありがとうね、本当に嬉しい。

そしていよいよ撮影が始まる。今日は特別に緞帳《どんちょう》をおろしてくれたのだ。

みんな工夫して、少しでもすっきり写るようにやってくれているんだが、そこに写っているのはやっぱりデブのオバさん……。仕方ないかも。

私は昨日のことを思い出した。やはり理事長室で撮影したのだ。こちらはぐっと少人数で、ヘアメイクはやっぱりアカマツちゃんであった。

アカマツちゃんは私に言った。

「カメラは、今日は天日《てんにち》さんですよ。最高の写真撮れますよ」

そう、めちゃくちゃ腕のいい天日さんは女性カメラマン。昔からよく私を撮ってくれる。あまり自慢にもならないだろうが、

「ハヤシマリコを撮らせたら日本一」

と私はいつも彼女に言う。ライティングや角度を考えに考え、ほとんど修正せずに、そりゃ綺麗に撮ってくれるのだ。まるで別人みたいに。

アカマツちゃんがヘアメイクしてくれ、天日さんがカメラだと、

「あの、そこまでやってくださらなくても！　本当に困ってしまいますぅー」

と身をよじりたくなってくるほどのレベルになる。

今から二年前、「クウネル」という雑誌の撮影のために、渋谷の小さな古書店に行った。

そこで撮られた私の写真は、なんといおうか、芸能人みたい。もちろん美人女優や美人タレントさんじゃないけど、そこそこの端役ぐらいには写っている。色っぽくてしかも知的。私はその写真がものすごく気に入り、天日さんやマガジンハウスの許可をとり、しばらくプロフィールに使ったぐらいである。

「さあ、あの時の〝書店マジック〟をもう一度」

私はつぶやいた。撮影が始まり、パソコンを見る。だけど違う。やっぱりただのオバさんが写っている。女は年をとると、顔が大きく四角くなる。特に私はね。二年前、書店で撮った時は、顔のラインがもっとシャープで、目も大きかった……。ものすごく美しい写真を撮ってもらい、それがホントの私と信じて五年は生きていくことが出来たのに。もうあのような奇跡は起こらないのね、とちょっと悲しくなったハッピーバースデー！

あした何食べよう

この連載をまとめた私の著書、タイトルは『あした何着よう』。とてもいいと思いませんか。おしゃれでとっても素敵。というものの、日大の理事長になってからは、着ていくものが限られる。あまり目立つのもイヤなので、数枚のジャケットを着まわしている。紺色か黒、ワンピースもたまに着ていくけれども、会議のない日に限られる。ニットはちょっとくだけすぎるかも。

しかしいつも眠りにつく前に、

「あした何着よう」

そのことを考えるのは好き。インタビューがあるので、ピンクのボウタイブラウスにしようとか、堅い会議に出るから、シャツブラウスにしようとか。

そう、何を着ようか、っていうことは、近い未来をどう生きようか、っていうこと。

それと同じように、

「あした何食べよう」

と考えるのは、とても重要なこと。どんなふうに生きるか、っていうことにも通じる。

このところ風邪をひいて声が出なくなった。日大の入学式でスピーチをしたのであるが、声がかすれてうまく言えなかった。ニュースで流れて、

「林真理子の声どうした？」

というネットの書き込みがあったらしい。

うちで毎日咳していたら、夫が冷たく言う。

「毎晩外でメシくってるのが異常なんだ。具合悪くなるのはあたり前だろう」

確かにそのとおりで黙っていた。本当に毎日びっしりと会食がある。だって仕方ない。人気者なんだもの。

ＬＩＮＥには毎日のようにお誘いが。

「人形町の天ぷら○○がとれたよー」

「四谷の鮨△△、五時半からどう」

予約半年待ちの店ばかりだ。だから、

「行く、行く」

と返事をする。

店が先行するのではなく、〝仲よし〟を確認するためのご飯会も。四、五人で集まって一回ご飯を食べ、

「すごく楽しかったねー」

ということになると、ＬＩＮＥグループをつくり、

「これから定期的に集まって食べようね」

ということになる。

昨年から今年にかけて四つのグループが出来た。中でも私が心待ちにしているのは、某有名ＩＴ企業の社長と、某有名老舗企業の社長との食事会。これに美人のキャリアウーマンが加わって四人となる。

社長二人はまだ若いけど、グルメのうえにワイン愛好家。毎回ものすごく珍しいものを持ってきてくれる。半年に一回ぐらいは京都に遠出するのもすごく楽しい。

と言うと、いかにも自慢めくのであるが、こういうメンバーの一員になるのは大変。

「アンタ、有名人だからじゃないの」

と言う人もいるかもしれないが、有名人でも美人でも、こういう食事会に誘われない人はいっぱいいる。なぜ私はそんな人気者になれるんだろうか。

まずいちばんめは、ものすごく食べる、ということ。

「ダイエットだからって、半分にして、とか言う女とは二度と一緒に食べない」

と、その社長たちは言う。

「あと、出てきた料理を、写真に撮る女も大嫌い。残す女も嫌い」

といろいろチェックがある。

それから決しておごられっぱなしにはならない、ということも大切な条件だ。メンバー

は私よりずっとお金持ちの方々ばかりであるが、ワリカンに出来そうな気配、たとえばカウンターのお鮨屋さんなんかだと、さっさと一人分払う。五回に一回ぐらいは、面白そうなお店で、いつもおごってくれる人たちにご馳走する。あるいは会食の時に、持ち込み可能なところなら高めのワインを持参する。

結構気とお金を使っているんだ。

それからいちばん肝心なことは、話がいかに面白いか、ということでありましょう。まあ私は話題が豊富だし、よほど学術的なことを言われない限り、たいていのテーマにはついていける自信がある。下世話な話題もオッケー。話を盛り上げることも得意だ。そして誰かが持ってきたワインの自慢を始めたらじっと聞いてあげるやさしさも持ってる。

そう、会食に呼ばれるというのは、その人がいかに魅力があるか、ということなんだ。毎晩のようにお呼びがかかる自分のことを私は誇りに思っている。

で、誇りに思うのはいいのであるが、脂肪もついてくるのが会食の困るところですね。

昨日は銀座の、ものすごく豪華なフレンチレストランでご馳走になった。その前の日は、六本木の中華料理店でコース。その前の前の日は、銀座のお鮨。ちゃんと食べて、お酒もたっぷり飲む！　そしてヘルスメーターにのるたびに泣きたくなるけど、これが私の生き方。私の流儀。いつも考える、

「あした何食べるんだっけ」

誰と会えるんだっけ。

奇跡よ、もう一度

前々号のこのページで、

「奇跡は起こらなかった」

ということを書いた。

それはどういうことかというと、ヘアメイクアカマツちゃん、カメラマン天日《てんにち》さん、というゴールデンコンビをもってしても、写真の私がイマひとつ、ということである。

しつこいようだけど、あれは二年前、「クウネル」の取材で、渋谷にある美術書専門の小さな古書店で撮影をした。

その写真たるや、ホントに皆さんにお見せしたかった。

「この人、いったい誰？」

というぐらい美しく撮れていたのだ。私の顔を知り抜いているアカマツちゃんと天日さんが、光や角度やいろんなことを考え抜いて撮影してくれたもの。あまりにもキレイに撮れたので、許可をとってプロフィール用の写真にしたぐらいだ。

このところ、私がちと不満だったのは、もちろん二人のせいではない。二年の間に、トシとった私の顔は弛んで、何パーセントか大きくなっている。顎の線もシャープではない。だから仕方ないことなんですよね。

ところがおとといのこと、女性誌撮影のため、目黒に出かけた私はびっくり。そこも今、流行りのおしゃれ個性派書店なのだ。

「マリコさん、あの書店の奇跡を起こしましょう！」

と二人は言ってくれた。

その前にアカマツちゃんと天日さんから嬉しい言葉が。

「マリコさん、痩せましたね。肩のあたりがすっきりしてきたよ」

現在これといってダイエットをしていない私はびっくりした。

「もしかすると、〇〇菌のせいかもしれない」

最近私がやっている、バレエヨガのことは何度もお話ししたと思う。このところ忙しくて、一ヶ月に一回ぐらいしか行けてないのであるが、それでも四時間、足を上げたり下げたり一生懸命やる。そのグループで、〇〇菌というものが流行っているのを知った。

「うまく発酵しました」

「やっぱりリンゴジュースがうまくいく」

長ーい、長ーい、トークが続いている。どうやらみんなが、菌を分け合って自分のうちで発酵させているらしい。

グーグルによると、ダイエットと美肌に効果あり。アンチエイジングにも、ものすごく効くということだ。

グループLINEの皆は、やたら盛り上がっていたのであるが、私はあまり興味を持たなかった。私ぐらいのトシだと、紅茶キノコの大ブームを知っている。納豆や漬け物の発酵食ブームも記憶に新しい。

「本当に効くかなあ……」

という感じだったのだ。

が、バレエヨガの仲間である、編集者のミカさんが、これ、といって小瓶を手渡してくれた。○○菌である。

「リンゴジュースの瓶の中に入れておけば、すぐにシュワシュワしてくるから」

ということでさっそくやってみた。暖かい方がいい、というので、冷蔵庫にも入れない。

「フタ開けっぱなしで、こんなとこにジュースおくな」

と夫は小言を言ったけど無視。

そして三日後、飲んでみる。サイダーみたいでおいしい。

「発酵がすすんで、飲みづらくなったら豆乳を入れて飲むといいわよ」

とミカさんのアドバイスどおりにしたら、これがとてもおいしかった。

この○○菌は、腸内環境をものすごく整えてくれるということ。一週間飲み続けたら、わりとお通じがよくなった。肌と体重はそう変わらないような気がするが、アカマツちゃんと天日さんによると、

「首と肩がすっきりした」

ということらしい。おそるべし○○菌。

ところでいつも撮影の時、アカマツちゃんがスタイリストの役目をしてくれる。袖をめくったり、ボタンをとめたり、あるいははずしたりすると、服の表情がまるで違ってくる。

何よりも彼女は私と同じような体型なので、少しでも痩せて見せるテクニックがすごい。

その日の私は、PRADAのグレイのジャケットに、やはりPRADAのピンクのブラウス、これはボウタイですね。これに黒のプリーツスカートという組み合わせ。

撮影の途中で、アカマツちゃんがきっぱり。

「マリコさん、ジャケットを脱いじゃいましょう」

ピンクのブラウスだけになった私は、パーッと明るくなり、暗めの書店に映える。

そして天日さんが叫んだのだ。

「書店の奇跡が起こりました！」

そう、そこには別人の私が。私がのぞんでいたのはこれ。リアリズムは嫌いよ。

ボウタイがすごく似合っていて、

「まるで〝ＳＵＩＴＳ／スーツ〟の鈴木保奈美さんじゃん」

と勝手なことをほざく私。

この写真は残念ながら、マガジンハウスではなく光文社の女性誌に載ります。教えるからみんな見てね。

初出『ａｎａｎ』連載「美女入門」（二〇二二年六月一日号〜二〇二三年五月二四日号）

林 真理子（はやし・まりこ）

一九五四年山梨県生まれ。コピーライターを経て作家活動を始め、八二年『ルンルンを買っておうちに帰ろう』がベストセラーに。八六年「最終便に間に合えば」「京都まで」で第九四回直木賞受賞、九五年『白蓮れんれん』で第八回柴田錬三郎賞、九八年『みんなの秘密』で第三二回吉川英治文学賞、二〇一三年『アスクレピオスの愛人』で第二〇回島清恋愛文学賞をそれぞれ受賞。『小説8050』『李王家の縁談』『奇跡』『成熟スイッチ』などベストセラー多数。一九九九年に第一巻が刊行されたエッセイ『美女入門』は、文庫を含め累計二〇〇万部超の人気シリーズ。二〇一八年紫綬褒章受章。二〇二〇年第六八回菊池寛賞、二二年第四回野間出版文化賞を受賞。二二年七月より日本大学理事長。

いいこと考えた！　美女入門21

二〇二三年七月二〇日　第一刷発行

著者　林真理子

発行者　鉄尾周一

発行所　株式会社マガジンハウス
〒一〇四-八〇〇三
東京都中央区銀座三-一三-一〇
書籍編集部　☎〇三(三五四五)七〇三〇
受注センター　☎〇四九(二七五)一八一一

印刷・製本所　凸版印刷株式会社

ブックデザイン　鈴木成一デザイン室

©2023 Mariko Hayashi, Printed in Japan
ISBN978-4-8387-3244-9 C0095
乱丁本・落丁本は購入書店明記のうえ、小社製作管理部宛てにお送りください。送料小社負担にてお取り替えいたします。ただし、古書店等で購入されたものについてはお取り替えできません。定価はカバーと帯、スリップに表示してあります。
本書の無断複製(コピー、スキャン、デジタル化等)は禁じられています(ただし、著作権法上での例外は除く)。断りなくスキャンやデジタル化することは著作権法違反に問われる可能性があります。
マガジンハウスのホームページ https://magazineworld.jp/

林真理子の「美女入門」シリーズ

美女入門　1000円

美女入門PART2　1000円

美女入門PART3　1000円

トーキョー偏差値　1000円

美女に幸あり　1000円＊文庫530円

美女は何でも知っている　1000円＊文庫530円

美か、さもなくば死を　1000円＊文庫530円

美は惜しみなく奪う　1200円＊文庫533円

地獄の沙汰も美女次第　1200円＊文庫533円

美女の七光り　1200円＊文庫509円

いい女になるための必読書!

美女と呼ばないで　1200円 ＊文庫556円

突然美女のごとく　1200円 ＊文庫556円

美女千里を走る　1200円 ＊文庫556円

美を尽して天命を待つ　1200円 ＊文庫556円

美女は飽きない　1200円 ＊文庫600円

美女は天下の回りもの　1200円 ＊文庫636円

女の偏差値　1200円 ＊文庫636円

美女ステイホーム　1300円

美女の魔界退治　1318円

あした何着よう 美女入門20　1400円

（価格はすべて税別です）